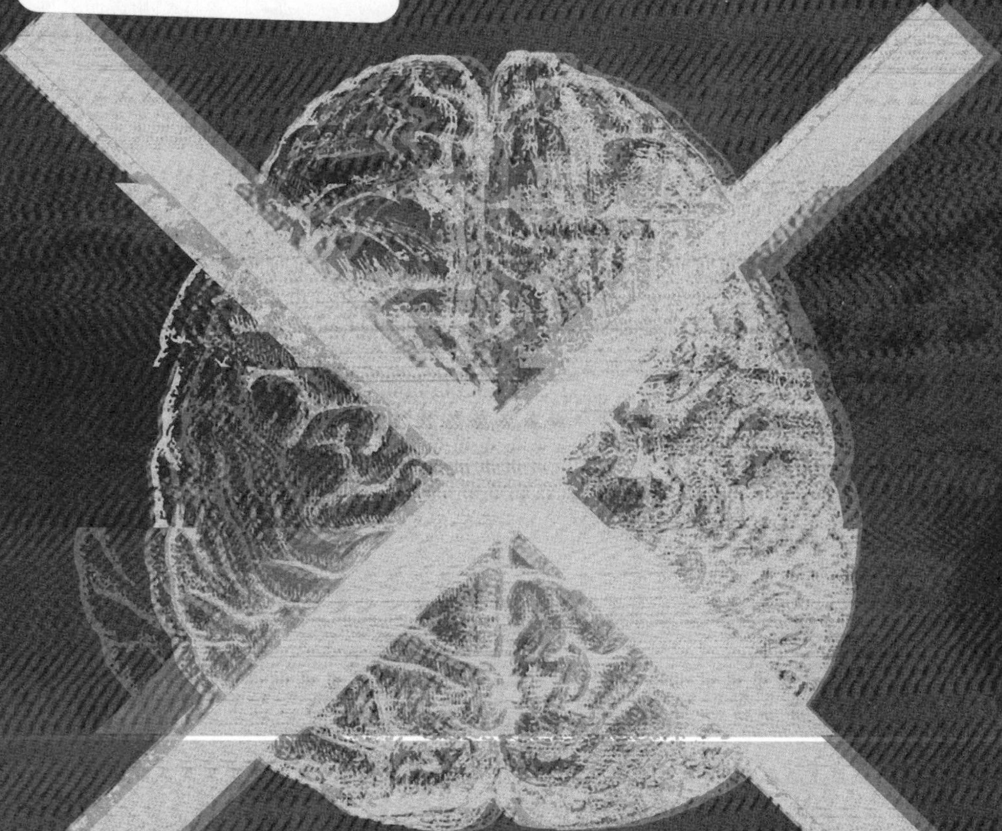

所有記憶都是可疑的……

人類在「回憶」與「想像」時，
大腦活動區域的重疊性很高，
記憶，是可以自行造假，
你……真相信你的記憶嗎？

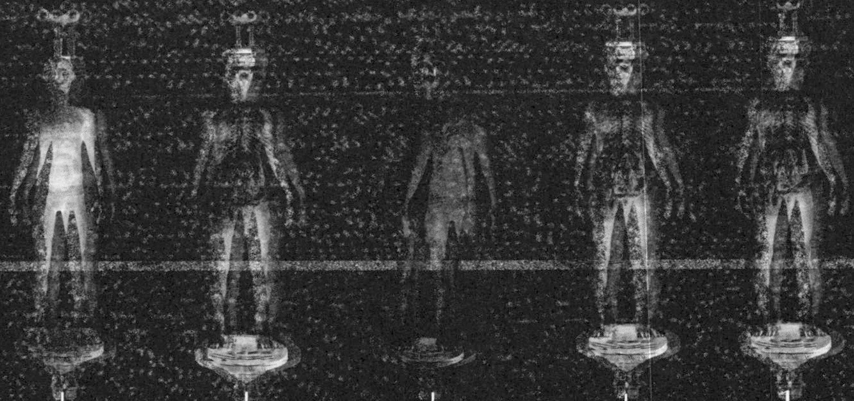

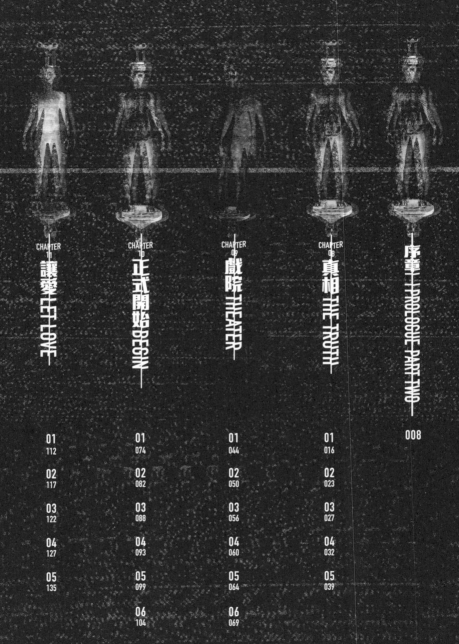

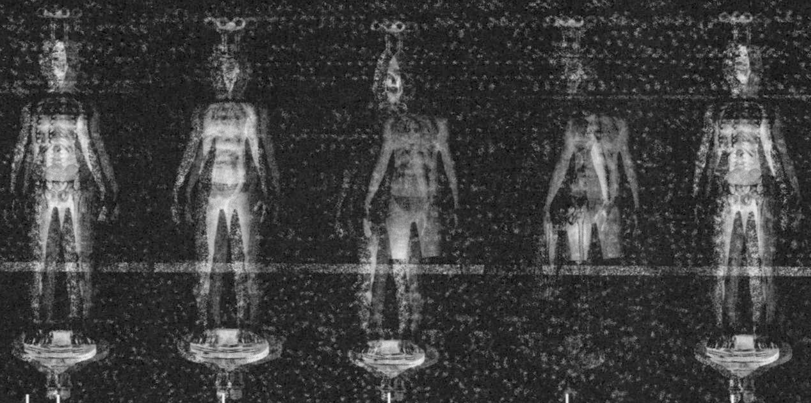

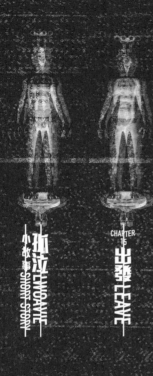

序章 | PROLOGUE PART TWO

靈魂。

1907年美國醫學會雜誌(JAMA)刊登過一篇有關靈魂的研究，美國麻省的醫生鄧肯．麥克道高(Dr. Duncan MacDougall)希望驗證「靈魂」是一種可以測量的物質，安裝了一個非常靈敏的秤在病床上。

試驗的方法，就是讓快死去的病人睡在床上，精確地測量病人的體重，量度病人死亡瞬間身體重量的變化。

而「死亡瞬間」輕了的部分，鄧肯．麥克道高醫生認為是死亡時失去的部分，他稱之為……

「靈魂的重量」。

鄧肯．麥克道高醫生一共測量了六個病人，四個為結核病人、一個糖尿病昏迷的病人，最後一個死因不明。

其中一個結核病人，鄧肯．麥克道高醫生用了3小時40分鐘觀察，在這段時間內，病人的體重逐漸緩慢的減輕，每小時下降約28克的重量，他推測，是因為身體機能還在活動，水分流失的原故。

直到病人死亡的瞬間，他的體重突然快速下降了21克，當病人完全死亡後，他的體重再沒有任何變化。

鄧肯・麥克道高醫生認為這「突然下降」的21克，就是靈魂的重量。

自此以後，就有了「21克靈魂」的說法，而且這個題材曾拍成了電影。

不過，問題是接近一百年前的科技，那個用來測量體重的秤，據說當年非常靈敏的秤，真的可以精確地測量出病人死亡時的重量？

「他」存在了質疑。

梅林菲醫生存在了質疑。

就因為他對此事的質疑，他在1990年開始了對「靈魂」的研究。

他用了接近十年的時間醉心於靈魂與肉體的研究，他在研究最早期的實驗結果中，已經發現了靈魂的重量不是「絕對值」21克，靈魂的重量，會介乎於18至25克之間浮動，然後，他的研究不再局限於「靈魂的重量」。

梅林菲醫生決定了開始新的研究項目……

「靈魂鑑定計劃」。

可惜他的計劃被醫院的研究所列入「高度危險項目」，完全被禁止。

他不會甘心這樣就結束他的靈魂鑑定研究計劃，所以梅林菲醫生決定了暗地裡繼續進行這項高風險的實驗。

他用了九年的時間，做了大大小小上千次的實驗，終於得到了世界為之震撼的成果。

當然，「靈魂」的實驗不能像其他的實驗一樣，可以利用白老鼠等生物去作為實驗品，梅林菲醫生只能用「人類」去完成他的靈魂研究。

他的實驗室設在世界最貧窮國家津巴布韋。

為什麼是津巴布韋？

只因這地方是世界上最貧窮的國家，當地的人均GDP就只有0.1美元，有74%的人每天生活費是低於S5.5，這樣說，簡單的解釋就是……

「人類的生命一點都不值錢」。

最初，他所用來做實驗的人類，是當地的死因，慢慢地，因為梅林菲需要大量的人去做「靈魂鑑定計劃」的實驗品，他開始利用人口販賣來做實驗。

九年間，死於他的實驗人數已達一千六百七十五人。

就算犧牲了千多條人命，梅林菲認為他們的死沒有白費，因為他終於得到了空前的成功。

1999年4月31日。

最後一個實驗品正坐在木椅上，她是一位十六歲的津巴布韋少女，短頭髮，赤裸的黑皮膚。

在她的身後，是一堆……人體的殘肢。

梅林菲用札那語對她說：「就試一下味道。」

短髮少女轉身，拿起了一隻人類的左腿，大口大口地咬下去，生吞人類的血肉，血水從她的嘴角緩緩的流下來。

梅林菲立即出現了嘔吐現象！

不是他去吃著左腿，卻由他嘔吐！

「嘰嘰，很好！非常好！就是這感覺了！」他用手背抹去嘴旁的嘔吐物。

然後，他看著一張已經釘在牆上九年的相片……

一張香港太平山頂拍的夜景。

少女繼續吃著人類的殘肢，而梅林菲一面吐、一面大笑，樣子非常噁心！

「我要……回來了！」

他瘋狂地大笑，笑聲好比一位來自地獄深淵的邪惡死神一樣……

他，要把萬物吞噬。

……

……

在梁家威一眾人身上發生的詭異事件，跟這個梅林菲醫生有何關係？

是因為……「斷片效應」？「平行世界」？「除憶詛咒」？還是「人格分裂」？

很快，真相將會揭曉。

我們一起，一步一步……

找出背後的真相。

《別相信記憶》第二部，正式開始。

《人的價值從來也不對等，總有些人願意出賣靈魂。》

CHAPTER 08
真相 THE TRUTH

CHAPTER 08 真相 THE TRUTH 01

梁家威，策劃、分析。

范媛語，槍械、潛入。

高展雄，駕駛、速度。

馬子明，電腦、入侵。

謝寶坤，格鬥、體能。

日月瞳，醫療、藥物。

孤泣工作室。

「這次集合你們，就是想在跟他見面之前，了解更多有關我們之間的事！」我說：「因為，我還未知道這個叫二宮京太郎的日本男人是敵是友。」

「他約你去哪裡見面？」日月瞳問。

「就是十九年前，1999年那個相同的地方……」我呼出一口大氣說：「沙田UA戲院！」

「什麼？」日月瞳驚訝，然後看看手機上的日子：「兩天後吧？」

我點點頭。

「現在，我希望大家一起討論2001年至2003年期間，所發生的事。」我把一份資料發給他們：「這是我自己寫下的TIMELINE，當然，因為是我的事，所以第一身是我自己，事件的脈絡也是由我為起點出發。」

在子瓜身上發生事件的時間線TIMELINE

手寫日記　　1995年12月31日　至　2000年12月20日

停止手寫日記 2000年12月21日

沒有寫日記　2000年12月21日　至　2003年12用13日

網上寫日記　2003年12月14日開始，直至現在

事件與日期：

跟范媛語第一次見面　1998年10月12日

跟日月瞳交換日記第一天　1999年9月16日　颱風約克

跟日月瞳交換日記最後一天　2001年7月24日

停止寫日記　2001年7月25日　颱風玉兔

《搏擊會》戲票　1999年11月19日

在通訊錄找到二宮電話「危險人物」　2001年1月1日

李基奧酒吧見面　2001年8月12日
林妙莎提款機前　2002年7月3日
「N」字的頸鏈　2002年7月16日
澳門回香港船票　2003年9月1日
電腦被拿去修理　2003年12月13日

我開始詳細地解釋每個日子在我身上所發生的事，不過，我沒有寫下2000年12月25日跟趙殷娜上床的記錄。因為暫時我不想讓高展雄知道，當我了解整件事以後，我會單獨跟趙殷娜與高展雄再約見面。

我們開始討論著。

「在我腦海出現了兩次閃回現象，一次是我跟月瞳去戲院看《搏擊會》的畫面，而另一段不是我的過去，是馬子明的回憶。」我說。

「是什麼記憶？」范媛語問。

我看著四眼的馬子明一眼，然後說：「沒什麼，只是一次約會的回憶。」

馬子明點頭。

看來我說話要相當小心，現在我們建立的關係非常薄弱，我不能把各人的私隱毫無餘地公開，不然，我們不能坐下來慢慢去討論，關係立刻破裂。

然後我說出了日記沒有記錄1999年11月19日的事，卻在我的日記中出現了兩張戲票。

「我跟月瞳也忘記了曾一起看《搏擊會》。」我說：「請問，你們有在1999年11月19日看過這套電影嗎？」

大家又再討論起來，當然，就算是有看過，也許他們會跟我與月瞳一樣，沒有了這一段記憶。

「等等，你不是說發生在2001年至2003年期間的事嗎？」高展雄問：「但你卻是在更早之前就認識范媛語與日月瞳。」

「的確如此，所以我在想，也許你們之中，也有人跟我們一樣，可能在更早的時間已經認識也說不定。」我說：「我意思是在2001年之前已經互相認識。」

他們沒有說話，在思考著我的問題。

「媽的，我真的對你們這五個人一點印象也沒有。」謝寶坤說：「我只記得兩年前，馬子明找我維修冷氣。」

「慢慢來。」我認真地看著他：「只要我們繼續討論下去，必定可以找到我們失去記憶的……『共通點』。」

我們繼續討論著，大約用了一小時，終於……出現了突破！

《回憶本身是沒問題的，但你禁錮在回憶就有問題。》

CHAPTER 08 真相 THE TRUTH 02

當我們都分享了自己這三年的經歷以後，出現了一個「共通點」。

「這樣說……」我托著腮：「這就是我們暫時唯一的共通點。」

「而且我們自己並不知道，都是由別人跟我們說的。」日月瞳說。

「媽的！真的很邪門！」謝寶坤大叫。

我們唯一的共通點，就是每個人都曾經在那三年時間內，被別人說跟空氣說話。

跟空氣自言自語。

「這應該不似是巧合。」高展雄謹慎地說：「我們也不是街上那些有精神病的人，卻在那段期間做出反常的行為。」

「平時我還經常笑那些黐線佬。」馬子明托托眼鏡說：「沒想到我也曾經被人說是黐線的。」

「等等。」我認真地看著他們：「如果以我們現在的情況來說，其實……我們會不會真的跟某個人在對話，而不是真的傻了？」

他們瞪大眼睛看著我。

其實，在最初我說有一個「假設」，就是關於這個問題。

我在紙上開始畫著：「以我為例，我失去了有關認識你們的記憶，卻竟然出現了馬子明的記憶。而在我腦中閃回的畫面，一點都不像是馬子明轉告我而出現的畫面，反而更像我親歷其境一樣。」

還有，趙殷娜跟我說出的事。

她跟我說，當年跟我過了一晚以後，趙殷娜說我叫她去找高展雄，當然，我沒有記憶當時我是認識高展雄。

趙殷娜很意外，不過她還是去了找高展雄，然後他們互相一見鍾情，開始了他們漫長的愛情故事。

在深水埗公園，趙殷娜是這樣跟我說：「其實不只是一見鍾情，我們從小就認識，我覺得跟他就像是心靈相通一樣！」

然後高展雄叫她不用再上班，當然，高展雄有能力讓她得到幸福，他們的關係，就這樣開始了。

趙殷娜還有說：「我記得當時我問他『為什麼要梁家威來找我？』，然後展雄說『如果我說我就是梁家威，妳會相信嗎？』我當然不相信吧，不過，就是因為梁家威你，我才會跟展雄走在一起，或者，這就是緣分了。」

根據以上的兩件事，我得出了一個「假設」。

我把手繪的圖給他們看。

「在我沒有記憶的這段時期，也許我們是擁有……共、同、的、記、憶！」我指著圖上的圓圈：「我們分享著對方的記憶！」

他們全部人也看著這張圖。

「而且我們還可以互相溝通，當然，當別人看見我們時，都以為我們是黐線佬一樣跟空氣說話，其實，我們也許就在互相溝通！」我認真地說：「我的舊同事李基奧跟我說，我自言自語時，曾提到日月瞳的名字，而謝寶坤的前妻也說過，謝寶坤自言自語時說過我的筆名，這樣就是很有力的證明！」

包括我助手海靖，他們六個人全部一起目瞪口呆地看著我。

良久，謝寶坤首先說。

「哈哈！你果然是一位小說作家，這樣都給你想出來！」他大笑：「這簡直是……天方夜譚！」

「對，我也覺得這只是你幻想出來的事吧。」馬子明也認同他。

不只他們兩人，在場沒有一個人，相信我的「假設」。

《有種關係是互相想起，互相掛念，互相不知道，然後互相不聯絡對方。》

CHAPTER 08 真相 THE TRUTH 03

「子瓜，老實說，你這個想法比平行世界更荒謬。」高展雄說：「我們怎可能擁有共同的記憶？」

「的確是，如果硬是要說你出現了我的回憶，頂多也是幻想出來的畫面，所以才覺得像親歷其境，而不是跟我一樣的經歷。」馬子明說：「我們可能是從前認識，我有告訴過你此事，你就當是親歷其境了。」

「真想知道馬子明你的記憶中，發生了什麼事？」范媛語笑說。

「多事吧！」馬子明帶點生氣地說。

「我知道很難讓你們相信，而且也只是我的個人猜測，不過，如果真的是這樣，『真實發生的事』跟『我的記憶』有出入，就能說得通了。」我說。

「不對，還沒說通。」日月瞳非常心水清：「假如真的如你所說，只能解釋到為什麼我們有對方的記憶，卻沒法說明我們的記憶為什麼會消失。」

「妳的確說得對，不過，我還是想以這方向繼續追查下去。」我說。

我們繼續討論下去，雖然沒有很大的進展，不過，感覺真的很奇怪，如果以「有記憶以來」，我們也只不過是第一次六個人一起見面，但我感覺大家都有某一種「默契」。

氣氛絕不是非常融合，甚至有時會說到大家差點吵架，不過，這不是很古怪嗎？如果是初次見面，大家也應該會客氣一點吧？現在大家就好像已經認識了很久的老朋友一樣聊著。

我相信，我們這六個完全不認識的人，的確是有某程度的……

「羈絆」。

我們繼續「消失的記憶」話題，很快，已經過了三個小時，本來最初大家也不是太喜歡對方，經過數小時討論以後，奇怪地我們又有說有笑，開始了其他的話題。

其實這樣也不錯呢？就當是讓腦袋休息一下。

「范媛語，妳說父親是開射擊靶場？」謝寶坤好奇地問。

「對啊，我小時候也有跟過父親去參加比賽，而且還贏了三年的冠軍。」范媛語說。

「果真人不可以貌相！看妳的外表沒想到妳是神槍手！」日月瞳微笑說。

「哈哈！妳勾起了我的回憶了，我也曾經是三屆自由搏擊的金腰帶！」謝寶坤舉起了手臂展示他的肌肉。

「你現在這麼肥，被人當沙包就差不多。」高展雄揶揄他。

「媽的！你說什麼？」謝寶坤奸笑：「你又有得過什麼冠軍？我看你也只不過最叻把妹吧。」

「我也不弱呢？我也曾經代表香港出戰房車比賽。」高展雄說：「雖然沒得到獎，不過這也是我引以為榮的過去。」

謝寶坤不想高展雄繼續炫耀下去，轉移了目標看著馬子明：「四眼佬，你小時候有沒有得過什麼獎？」

「我曾經寫過一個軟件程式得獎。」馬子明說。

「就這樣？」謝寶坤有點看不起他。

「然後我代表了香港去芬蘭參加一個軟件程式製作工程比賽。」他自信地說：「最後雖然只得第四名，不過，有一百多個國家參賽，得到第四已經是雖敗猶榮了！」

「看來你們都很厲害呢？」日月瞳想了一想自己的過去：「其實我在一所英國皇家寵物學院畢業，得到一級榮譽。」

「妳也很厲害啊！」范媛語笑說。

然後，他們五人一起看著我。

我瞪大了眼睛，在腦海中努力回憶著自己曾經有過什麼榮譽。

「哈哈！其實我曾經參加學校的歌唱比賽，最後雖然輸了，不過，我得到一次難忘的經歷！」

他們五人看著我，很靜，氣氛有點尷尬。

「很弱。」

「就這樣嗎？」

「你的人生一點意義也沒有。」

「別理他了，說說大家當年得獎的感受吧！」

我只能摸著後腦傻笑：「哈哈……哈哈……」

然後他們又開始聊起來。

嘿，我沒有生氣，因為我就是這樣的一個很普通的人呢。

沒有得過什麼大獎，也沒有什麼榮譽，就像我每本書的「作者介紹」一樣，沒有寫什麼高學歷、得過什麼獎、跟什麼大人物合作過等等，因為，我根本沒有任何的「榮譽」。

但誰又想到，我用「我的感覺」作為自己的作者介紹，卻成為了很多人家中書架上其中一本書呢。

對，或者我最大的「榮譽」，就是……「堅持」。

《那些沒法輕易忘記的事，總有一天，你會明白它的真正意義。》

*「歌唱比賽」的故事，請收看書中最後孤泣小故事──《朋友我當你一世朋友》。

CHAPTER 03 真相 THE TRUTH 04

又過了一個多小時。

我們都交換了大家過去的故事，可惜，還是沒法找出我們合照的記憶。根據大家所提供的資料，包括服裝、髮型等等，照片應該大約是在2003年拍攝的，即是沒有真實記憶三年裡面的最後一年。

這次聚會沒有太大的進展，應該說是他們沒有像我一樣喜歡記錄著過去，不是他們不珍惜過去，反而他們覺得「過去了也不能再挽回什麼，不如向前看會更好」的感覺。

就只有我這個黐線的人，才想找回沒有真實記憶的過去。

雖然，沒多大的進展，不過我們就因為這次聚會集合了起來，那一份既熟悉又陌生的感覺，揮之不去。

聚會完了後，高展雄送其他人回家，而月瞳要到我公司附近的寵物診所一趟，我送她過去。

「我覺得給你『7572591172392』提示的人，不似是我們這幾個人。」她一面走一面說我們在工作室最後的討論話題。

「為什麼？」

「因為我看得出，大家都沒有說謊，忘記了部分過去記憶都是真的。」月瞳想了一想：「不對，不是忘記，而是有部分的記憶消失了，而那個給你提示的人，應該是知道我們過去的人，他很清楚我們過去的記憶，所以不會是我們六人其中一個。」

「嗯，妳的分析也很正確，雖然大家未必會把自己的過去與私隱告訴其他人，不過，我也看出大家也沒有在說謊。」我說。

此時，我想起了我跟她交換的日記上，那個無限的符號「∞」。

「其實，我想跟你說一件事。」她微笑著說：「不過，請別要跟其他人說，我只想讓你知道。」

「是有關我們日記的事？」我問。

「對，其實我有想過，都已經過去了，我不想隱瞞著你。」她在一所大型的購物商場門口停下來：「是有關那個『∞』符號的事。」

我也停了下來。

其實我就知道，那個「∞」符號不是代表儲錢。

此時，我呆呆地看著商場門外牆上的大電視，電視在播放新聞報導。

日月瞳也被我的舉動引起了注意，轉身看著大電視。

「今天……又打風？」我問。

「對啊，不過聽說最多會掛三號風球，不會掛八號。」

「風球名叫『玉兔』？不就是跟2001年那個一樣嗎？」

「除非是引發嚴重的天災人禍，不然颱風的名稱會循環用的。」月瞳解釋。

「等等，我們交換的日記，是由1999年9月的約克颱風開始，然後在2001年7月的玉兔颱風前一天結束……」

「真的嗎？我沒有印象。」

「因為我本來想跟自己的日記比對，才記起我根本沒有寫這段時期的日記，然後，我在網上輸入這日子，出現了『玉兔』的結果，所以我知道我們沒有寫日記後的第一天，是『玉兔』來臨，八號風球！」我認真地說：「現在，又有一個叫玉兔的颱風出現，這是巧合嗎？」

日月瞳在思考著。

「不如我們寫下那三年曾掛的八號以上風球日期，看看當中有什麼關係！」她說。

「好主意！」

我們來到了附近的公園，開始在手機搜尋打風的日期。在維基百科中，可以找到由1985年至今香港天文台發出所有的颱風紀錄。

「有五個！」月瞳高興地說。

這五個颱風分別是……

颱風尤特　2001年7月5日

颱風玉兔　2001年7月25日

強烈熱帶風暴黑格比　2002年9月11日

超強颱風伊布都　2003年7月23日

強颱風杜鵑　2003年9月2日

「當中會有什麼關係？」月瞳問。

我看著這五個颱風的日期，簡單來說，就是一般打工仔不用上班的日子……

「啊？等等……」

然後，我再次從手機的相片中，看著那封信上的數字……757259117239２。

「75 725 911 723 92」

「我……」

突然！

我的頭痛得快爆開一樣！

「呀！！！呀！！！！！」

我倒在地上，雙手按著頭在地上不斷掙扎！

「子瓜！你沒事嗎？子瓜！」

月瞳也被我突如其來的舉動嚇到！

我完全失控，腦袋不斷接收著大量的訊息！

7月5日、7月25日、9月11日、7月23日、9月2日……

「7572591172392」這組數字……

就是發出八號以上風球的日期！

「如果你知道這組數字的含意，你真實的記憶，將會再次回來。」

這組數字，是一條開啟記憶的「鎖匙」！

我……

我……

我……

把所過去的事……

都記起來了！

我也不知道在地上掙扎了多久，一分鐘？十分鐘？三十分鐘？

路人也圍觀著我們。

我全身濕透了汗水，從地上爬了起來……

「我知道了……」我表情痛苦地說。

「你沒事嗎？發生了什麼事？」月瞳看到我的痛苦，眼淚也快要流下來。

「我知道妳那個『∞』符號的意思！」

然後，我說出那兩個字。

月瞳呆住了。

《只要你甘心接受只能做朋友，那段關係就會變得無欲無求。》

CHAPTER 08 真相 THE TRUTH 05

石壁監獄。

「拿齊你的物品。」獄卒跟我說。

我看著黑色的盤內，十五年前放下的物品。

當年，我由謀殺被判成誤殺，沒有想到，現在已經十五年了，我的人生最光輝的歲月，卻在監獄中度過。

老實說，我把她殺死那一刻的畫面，在獄中生活時經常出現，依然歷歷在目。

她用手按著不斷淌血的喉嚨，從她的眼神中，我好像看到她在跟我說「救我」、「放過我」，可惜，她沒法說話，已經太遲。

我掉下那把軍刀，然後不斷向後退，我根本不知道自己在做什麼，直至她躺在血泊中一動也不動，我才清醒過來，我……

錯手殺了一個人。

不過，我知道已經過去了。

我用了十五年的時間，去抵償我曾犯過的過錯。

我贖罪了。

我不知道現在的我可以在一個已經隔絕十五年的世界怎樣生存下去，但我已經決定重新做人了。

「再見。」

我走出了石壁監獄，回頭看著我待了十五年的地方，說了一句「再見」以後，我頭也不回向著我新的人生進發。

天空是藍的，就算是同一個天空，外面的世界，比我在監獄看到的美麗太多了。我抽著一口代表自由的香煙，這種感覺，我一生也不會忘記。

我要把這感覺記下來。

永遠不會忘記。

當我想到「感覺」這兩個字，我突然想起一個人，我不認識他，不過他的書一直陪伴著我，而這個作家，最喜歡就是說「感覺」這兩個字。

他的書在獄中非常受歡迎，是傳閱率最高的作家，我曾經看過他一篇文章，出版社希望他別要跟大眾說自己的書在監獄非常受歡迎，因為會影響家長的看法，但他卻用大篇文章去感謝對別人來說一文不值的「監犯」，他不太理會世人的目光，他尊重我們。

我最愛的作品是他的《金錢遊戲》，男主角經常說：「輸什麼也好，不輸氣勢！」沒錯，就算我曾經是監犯，我也不會輸掉氣勢，我要好好重新做人！

我來到了車站坐下來等車，我拿出了銀包打開看，裡面正放著我跟她的合照，已經十五年了，不知道她現在的生活如何？

我們不是男女朋友，甚至連朋友也稱不上，她只是一個我在十五年前暗戀的對象，不過，這張相片我一直都放在我的銀包之內。

她一直也在我心裡。

日月瞳，妳現在的生活過得好嗎？

我在放紙幣的位置，看到了一張發黃的細小字條，我把字條打開來看，上面寫著……

「7572591172392」。

這是什麼？

我完全忘記了我有寫過這些數字。

在我身邊，有一個男人正在用手機看著網上新聞，他調到很大聲，我也可以聽到。

「三號風球！」他笑容滿面看著我：「希望天文台掛八號風，我就不用上班了，哈哈！」

我已經對打風放假完全沒有感覺了，因為我一直也在監獄生活，根本不在乎有沒有假放。

我沒有理會他，再次把視線放回這張字條之上，我把字條反轉，在背面也寫著很細的字。

「**颱風日期**」。

颱風日期？

是什麼意思？

《有些人，只可以按兵不動，有些人，只適合活在心中。》

CHAPTER 09 戲院 THEATER

CHAPTER 09 戲院 THEATER 01

1999年7月12日。

一個名為CYBER CITY的網頁遊戲，進入的網友，可以打麻雀、捉象棋、認識新朋友。

在其中一間麻雀房內，「他們」第一次接觸。

梁家威與日月瞳第一次接觸。

「許志安首《真心真意》超好聽的！」梁家威一面出牌一面打字。

「我還是喜歡容祖兒的《逃避你》。」日月瞳回覆。

四個網友在打牌，就只有他們兩個人一直在打字聊天，另外一個人終於不耐煩。

「打牌就打牌吧，你們兩個說夠了沒？」他打著字。

「我們聊天關你什麼事？不喜歡就閉頻吧！」日月瞳說。

「算了，打完這一局不如我們出大廳聊，到時交換ICQ吧！」梁家威說。

「好啊！」

就這樣，兩個外星人的公仔，由CYBER CITY的網頁遊戲開始，正式開始了他們的小故事。

他們很合得來，在當年最受歡迎的通訊軟件ICQ一直聊天，只用了一天時間已經混熟了。

「你是什麼星座？」日月瞳問。

「巨蟹座，妳呢？」梁家威答。

「我是雙魚座的啊！怪不得我們會這麼合得來，我們都是水象星座啊！」

「水象星座？是什麼東西？」

「水象星座你也不知道，我來解釋你聽……」

他們一直聊一直聊……

「妳住在哪裡？」梁家威問。

「我住在元朗，你呢？」日月瞳答。

「我伯父也是住在元朗，小時候我經常去元朗廣場玩。」

「元朗廣場？是不是最高那層的美國冒險樂園？」

「對！不過那間好像不是叫美國冒險樂園，好像叫……」

他們不停聊不停聊……

「你有寫日記的習慣？」日月瞳問。

「一直都有寫，而且一天也沒有停過。」梁家威答。

「你會把我寫進日記嗎？」

「當然會吧。」

「我不想！」

「為什麼？」

「不如我們交換日記吧，我們只把回憶留在我們交換的日記內！」日月瞳說。

「好像很好玩！」梁家威高興地說。

「就這樣決定吧！」

「不過，很奇怪呢？我們才認識第一天，已經說到交換日記了，嘿。」

「這不就是緣分嗎？」

「哈！也對！」

兩個陌生人，在一個七百多萬人的小島遇上，的確是需要一種叫「緣分」的東西。

兩個連相片也沒看過的人，每天都在聊天分享自己的故事，兩星期後，他們終於相約見面。

……

…

．

元朗廣場。

「沒想到你這麼高，嘻！」日月瞳說。

「我也沒想到妳這麼漂亮呢？」梁家威說。

「口甜舌滑，嘻！」日月瞳跟他單單眼：「你不要亂想啊，不然我會告訴你女朋友！」

「妳才不要亂說！」

「好了好了！別只站在街聊了，我們去玩！」日月瞳可愛地說。

「妳去哪裡？」

「去美國冒險樂園！」

「妳說元朗廣場頂層那間？都說不是叫美國冒險樂園啊，而且不是已經結業了嗎？」梁家威問。

「不是那間！走吧，我帶你去另一間冒險樂園！」

然後日月瞳一個箭步走上前。

梁家威看著她的背影，笑了。

總有些人，覺得一男一女都必定要是情侶的關係，不然，就是互相另有目的，但其實不是這樣的。

這一種異性的友情，也許比情侶更長久。

至少，梁家威心中，的確是這樣想的。

《不求你想起我，只求你好好過。》

CHAPTER 09 戲院 THEATER 02

從那天開始，他們一星期都會見面一兩次，話題還是滔滔不絕。

在1999年9月16日，梁家威與日月瞳開始了交換日記，當年的阿威沒有反悔，由認識月瞳開始，他也沒有把日月瞳寫入自己的日記之內。

就在交換日記的一個半月後，有天，月瞳突然打給阿威，然後他們相約旺角女人街旁的日本料理店見面。

「你要陪我去！」月瞳撒嬌，她把在電腦打印出來的紙給他看。

「這是什麼？」阿威拿起來看。

「靈魂鑑定計劃！不是很有趣嗎？」月瞳笑說：「他們說可以測試我們的靈魂重量、品質、顏色，還有強弱程度！我很想知道我的靈魂是怎麼樣的！」

「但這真的可信嗎？」阿威質疑：「網上愈來愈多虛假的網頁了，我不是太相信呢。」

「我怎樣也會去的了！」月瞳賭氣地說：「如果你不陪我，我一個人去，你不怕我有危險嗎？」

「哈哈！怕什麼？月瞳妹妹天不怕地不怕，一個打十個，被妳罵都罵走吧，有誰可以傷害妳？」阿威笑說。

「你……」月瞳準備破口大罵。

「說笑！說笑而已！」阿威揮揮手說：「好吧，11月19日嗎？我請假陪妳去就是了。」

「太好了！」

「不過，地點在什麼地方？會不會是那些舊式唐樓？又陰深又恐怖，就如邪教聚會一樣！」阿威想嚇她。

「都鑾陰深恐怖的，因為……」月瞳想了一想：「試驗地點就在戲院！」

「戲院？」

……

…

.

1999年11月19日。

沙田UA戲院門前。

「梁家威！」

突然有人在他的背後大叫，阿威被嚇了一下，回頭看著她。

「日月瞳，妳總是鬼靈精怪的！」梁家威說。

「現在我嚇一嚇你，一會入戲院就精神多了，嘻！」她莞爾。

「等等，我其實正在想……要不要進去……」他說。

「你答應了陪我的！」日月瞳鼓起腮：「好吧，你不進去的話我就跟你女朋友黃美晶說你今天約了我，約了個美女去看電影！」

「別要這樣！」梁家威嘆了口氣：「好吧，就進去吧。」

「嘻嘻！乖！快啊，快要開場了，GO GO GO！」

然後，日月瞳拉著梁家威的手，快步走入了戲院。

「《搏擊會》，二號影院，這邊！」查票的人說。

奇怪地，在進入影院前已經查過一次票，然後在二號院門前，又有一個黑人在查票，他不是亞洲人，像是一位非洲地區生活的黑人，卻說著流利的廣東話。

「日月瞳與梁家威，對？」他查看手上的資訊與他們的戲票。

「沒錯！」月瞳高興地說：「請問會是怎樣的測試呢？」

「你進去就知道了。」黑人做了一個邀請手勢。

此時，另一個男人也走了過來。

「媽的！又要查票嗎？剛才不是查了？我差點掉了這張戲票！」

阿威他們回頭一看，是一個健碩滿臉鬍根的男人。

他是……謝寶坤。

阿威看了他一眼，感覺謝寶坤不是一個好惹的人。

「走吧。」阿威推著月瞳進入戲院。

在健碩男人身後，還有一位不認識的中年男人準備進場，阿威也看了一眼。

他們的身份核對完成後，正式進入戲院，戲院已經把燈光調到最暗，他們走到自己所屬的座位J1、J2，在他們身邊的J5、J6座位，一位是四眼男馬子明，而另一位是阿威更早認識的女生，她是……范媛語。

因為燈光太暗的關係，他們沒法知道對方的身分。

阿威回頭看一看戲院內的座位，有很多空位，不過，也有十數人已經安坐著。

大約過了五分鐘，電影開始。

不過，沒有任何的聲音，只有畫面。

此時一個男人走到大螢幕前。

「大家好，歡迎來到一個屬於『靈魂』的世界！」

他說。

《別給自己無限的理由，不去放下從前的傷口。》

CHAPTER 09

戲院 THEATER 03

「我先來自我介紹，我是梅林菲醫生，是這次『靈魂鑑定計劃』的主理人，我已經研究靈魂有十年的時間，這次計劃將會改變現有的世界！而你們將會變成改變世界最重要的人！」

因為戲院內的燈光相當昏暗，沒法看清楚他的樣子。

在他身後的大螢幕出現了「20th CENTURY FOX」的公司LOGO，當然，他所說的內容，跟這套電影完全無關，而且電影完全沒有聲音，只有畫面。

「如果現在有人想退出也可以，不過，大家將會沒法獲得一份年薪過百萬的合約。」梅林菲醫生說：「我給你們三分鐘的考慮時間，如果想離開的，請現在離開。」

同一時間，《搏擊會》的第一幕，Brad Pitt把槍塞入Edward Norton的嘴巴內，然後說：

「三分鐘，你死期到了。」

「什麼年薪百萬合約？」阿威在月瞳耳邊問。

「就是參加這次測驗的人吧，如果被選中就可以成為百萬富翁了，不然又怎會這麼多人來『看電影』？」月瞳說。

「妳怎麼沒跟我說？！」

「我可是幫你啊！如果你做賣鞋，你要做到何時才有一百萬？」月瞳奸笑：「如果我落選了而你又被選上了，我可是你的經理人啊，我要分你四成的工資！」

「原來……原來因為這樣才叫我來。」阿威沒好氣地說。

「當然！不過，這個叫靈魂鑑定的計劃，好像很有趣呢？沒法被選上也可以當是玩玩吧！」

「玩……」

正當阿威想反駁，他卻想到對著這個刁蠻任性的女孩，他說什麼也是枉然，而且，自己也肉隨砧板上了。

三分鐘時間過去。

「很好，沒有人要離開。」梅林菲醫生說。

然後他做了一個手勢，在戲院內的工作人員立即把戲院的入口鎖上。

「靈魂鑑定計劃。」梅林菲醫生隨即說。

在大螢幕的畫面隨即變成了一份文件的畫面，文件上面寫著「Soul Qualification Program」。

「最初，我只是在研究『靈魂的重量』，不過很快我有了新的目標，我在津巴布韋十年時間進行我的研究計劃，終於在十年後的今天，我得到了空前的成功！」梅林菲說出他的開場白：「所以，我決定了回來香港進行最新的『真人實驗』，同時，我想找出六個符合我條件的人協助我，成為我的工作人員，不分男女的……六個人。」

「六個！」月瞳高興地在阿威的耳邊說：「我們都有機會了！」

「是嗎？嘿嘿。」阿威無奈苦笑。

此時，坐在前方一個男人舉起手發問：「直接一點吧，你想要什麼人？要什麼條件？」

男人的態度帶點囂張，他是……高展雄。

「別這樣心急，放心吧，兩個半小時的電影，我會慢慢告訴你們！」梅林菲說。

大螢幕上出現了一個人類的腦部影像在自轉，還出現了不同的統計圖，然後就是生物的進化過程，整段影片就像是一套生物記錄片一樣。

此時，剛才那個站在門前查票的黑人，走到梅林菲的身邊。

「每個人都有屬於自己的靈魂。」黑人說出正宗的廣東話：「在很多的科學報告中，都證明了靈魂是真正存在，不過，又有誰知道靈魂的『用途』又是什麼？」

他停頓了一會，然後說。

「我是梅林菲醫生。」

不是梅林菲醫生在說話，而是……

這個黑人男人在說話。

《如果你覺得我是很好騙，我就認真繼續看你表演。》

CHAPTER 09 戲院 THEATER 04

全場的人嘩然。

「不是什麼鬼上身，現在我的靈魂已經跟這個黑人的身體結合了。」

然後，在黑人背後的梅林菲舉起了左手，黑人也同時舉起了右手。

「不只是靈魂跟身體結合，我們是互用了自己的靈魂，當然，這個『靈魂鑑定計劃』非常複雜，這只是其中一個『結合』的方法，還有很多很多種不同的方法。」梅林菲說：「如果說是『結合』，更直接的說，我們是……『共用靈魂』。」

「等等。」在戲院內另一個男人說：「會不會是你們一早已經串通，才會有同樣的動作？」

「很好的質疑。」黑人走到了戲院座位上，走向那個男人：「你現在在我耳邊說一句說話，我的『本體』會在下方，同樣讀出你所說的說話。」

男人在黑人的耳邊輕聲地說了一句話，然後在下方的梅林菲立即說：「我今晚要去荃灣吃飯，跟JESS與JACKY一起，聽說他們好像搞在一起了……這位先生，你說的是不是這一句？」

男人整個人也呆了：「你怎聽到的？！」

「只要成功完成『靈魂鑑定』，就會讓另一個人的感官、技能等等同時出現在對方的身上，而且互相可以用大腦溝通，不需要任何的通訊工具。」梅林菲對自己的計劃充滿了自信：「請放心，我們將會有『使用說明書』提供給大家。」

「我想知道是否可以進入任何人的腦袋之中？」

「會不會對腦部有影響？」

「這不是什麼魔術嗎？」

「有沒有任何的副作用？」

在場的人開始紛紛發問，不能再靜靜坐在座位上，因為已經說到了設身處地的問題……

「會不會對身體有危險？」

「我知道大家都有很多問題，不過我這份工作就是要你們自己去體會，不過，大家請放心，一點危險也沒有。」梅林菲說。

「感覺好像有什麼陷阱一樣。」阿威在月瞳的耳邊說。

「不！我覺得很有趣！你沒看到嗎？剛才那個男人的說話，他完完全全讀了一次出來！」月瞳說。

「也許那個男人也是他們的人呢？」阿威說：「我覺得他會說要入會之類，然後收費，先在我們身上賺一筆。」

「你真多疑呢？先聽下去吧！」月瞳拍拍阿威的頭。

正當大家也在議論紛紛之時，有四個人也走到梅林菲的前方，其中一個，就是那個在最後實驗活生生吃掉左腿的黑人女孩。

他們一字排開，看著戲院前方。

「六個……」第一個黑人說。

「暫時我的研究……」然後到那個黑人女孩說。

「可以把六個人的靈魂連在一起……」接下來第三個人。

「我們六個人都可以看見與感受到其他人所經歷的事……」

「所以，我要的是六名員工……」

「六位年薪一百萬的員工……」最後，是梅林菲醫生走到五人之前：「一切都是由『靈魂有重量』開始，一個人類腦部，可以負起六個靈魂的重量，現在，我需要你們分成六個人一組，去測試我這個計劃。」

「是……是自由分組嗎？」坐在最前排的男人問。

他是四眼的馬子明。

「不對，是由我來安排！」

《為什麼要放下從前，才能重新開始？不放下從前也可以重新開始。》

「我已經按照你們給我的資料，將你們安排到適合的組別。」梅林菲說：「現在，叫名的人，請來到銀幕前，我們將會更詳細解釋整個『靈魂鑑定計劃』。」

然後他開始讀出各人的名字。

「希望要把我們編在一組……編在一組……」月瞳暗暗在念著。

而阿威沒有說話，他皺起了眉頭思考著。

這個叫梅什麼的人，包起了一間戲院其實也不是什麼難事，有錢就可以了，不過，戲院的主管為什麼會讓他這樣做？而且還可以在播放中加入了其他的影片，絕對不可能是一個只是「包場」的人可以做到的。

另一個問題，梅林菲說得很輕鬆，但其實真的是這樣嗎？如果他不是在欺騙大家，他所說的

「六個人共用靈魂」只會在電影中出現，是個顛覆世界的大發現，應該不可能找普通的人去做測試吧？

「第二組人……」

其中一個黑衣人繼續讀出各人的名字。

「很有問題……」阿威跟月瞳說：「我總是覺得不會這樣簡單就給我們百萬年薪。」

「日月瞳！」

正當月瞳想回答阿威時，她被叫到了。

「我要出去了！」月瞳說：「阿威你要跟著我來！」

「但是……」

阿威本想說下去，可惜她看到月瞳興奮的表情，又不想掃她的興。

「之後是范媛語……」

現在也沒有其他的辦法，阿威只希望可以跟月瞳一組，之後再叫她退出也可以。

「高展雄……馬子明……謝寶坤……」

第二組最後一個名額……

「梁家威！」

「太好了！我們一組！」月瞳高興地大叫：「阿威，快下來吧！」

「嗯。」

他們走到台下，那個黑人少女帶著他們六人，走到戲院出口，然後走進了其中一間職員房間等待。

此時，阿威才發現了范媛語。

「啊？是妳？」

范媛語看到阿威也很愕然：「你也來參加嗎？」

「其實……我是陪朋友來的。」阿威看了月瞳一眼。

「真的嗎？我也是！」范媛語感到驚訝：「我身邊這位是馬子明，我是陪他來的！」

「你們一早已經認識的嗎？」月瞳微笑說：「真的有緣呢？而且是同一組！」

然後他們互相作自我介紹。

「媽的，跟一群小朋友同一組真沒趣。」那個阿威在戲院門前碰上的謝寶坤說。

「我覺得很不錯呢？跟兩位美少女同一組。」高展雄伸出了手：「你們好，我叫高展雄。」

正當阿威也想跟他握手時，高展雄立即縮手。

「我不喜歡碰男人呢，我只是跟兩個美人兒握手。」他用鄙視的眼神看著阿威。

阿威有點尷尬。

「媽的，前世沒見過女人。」謝寶坤看不過眼，隨口說了一句。

「你說什麼？」高展雄憤怒地看著他。

他們快要開罵之時，四眼仔說：「對……對不起幾位，我跟媛語是朋友，我叫馬子明，我們同一組，請多多指教。」

其他人也看著這個弱不禁風的男人，沒有回答他，只有阿威走上前跟他握手。

「你好，叫我阿威或是孤仔就可以了。」阿威說：「我也認識媛語。」

「哈！你們兩個可以組一隊『弱雞同盟會』！」高展雄諷刺他們。

「好了！別要太過份！」月瞳也看不過眼說。

他們六人好像水火不融互相針對，就在大家也看大家不爽之時，員工室的大門打開，黑人女孩走了回來。

在她的手上多了一些東西，是……

醫療用的針筒。

《明知沒有以後，還是喜歡很久？因為失望未夠，才會繼續回頭。》

CHAPTER 09 戲院 THEATER 06

黑人女孩走到六人的面前。

「你們將會成為一個六人的『靈魂體系』，只要得到對方的同意，就可以把靈魂移動到其他人的身體。」她開始解說，依然是目無表情。

「我一直在聽，總是覺得很古怪，真的可以這樣做嗎？我們又不是在看科幻電影！」謝寶坤說。

「當你們成功『連結』，你就會明白『靈魂鑑定計劃』的偉大，你們不只可以不用任何手機之類的通訊工具溝通，甚至可以感覺到對方有危險，及時出手幫助。」她說：「也許你們現在還是半信半疑，不過很快，你們就會知道這個計劃對於未來人類的發展，會有多大的幫助。」

「但我想知會不會有危險？」范媛語問：「因為你們說得好像很簡單，但聽下去好像一點都不簡單！」

「危險性是0.01%。」女孩說：「從古至今的宗教、哲學和神話中，『靈魂』二字總是被形容為一種神秘而複雜的『非物理學現象』，不過，經梅林菲醫生用了十年的時間研究後，他得到了對靈魂的重新『定義』，其實『靈魂』只不過是一個像『雲端』運算的系統。」

「什麼是『雲端』？」阿威問。

「一種在未來的日子將會運用在電腦之上的技巧。」她想了一想：「你就當是一個互聯網的分享空間，在不久的將來，雲端會成為規模經濟的基石，當然，『靈魂』的系統結構比這更複雜，而且是有關生物與物理方面的科學。」

「夠了啊！我愈聽愈難明，不要再詳細解釋了，我只是想知道要怎麼做？」月瞳說。

「這位小姐說得對。」高展雄跟她單單眼：「我比較想知道我們要如何成為你們公司的員工？」

「對，我們……我們何時開始測試？」馬子明問：「何時才會知道有沒有被錄用？」

「2000年12月21日正式開始。」黑人女孩說。

「什麼？還有一年時間？」高展雄不滿。

「在這之前，你們先要進行抽血，用作未來研究之用途。而且你們也不能在這段時間內跟其他人說出我們這次的計劃。」少女想了一想：「不對，其實你們很快就會忘記今天的事，直至下年的12月21日。」

「為什麼要抽血？」范媛語看到針筒有點害怕：「我不想這樣做！」

「除了抽血，我還會在你們身上打入一種名為『alpha-CaM kinase II』的物質，你們將會忘記今天遇上的人、發生的事。」黑人女孩說：「對不起，我是最新加入梅林菲醫生六人組系的人，所以解說未必做得很好。」

「要把東西打入我們的身體？不可能吧？我……我們只是來面試而已！」馬子明帶點驚慌。

「對不起，由你們選擇不離開戲院的一刻開始，你們已經沒有其他的選擇。」黑人女孩說。

「黐線！我不幹了！媽的，浪費我的時間！」謝寶坤本來想從大門離開，大門卻被鎖上：

「為什麼要關著我們！」

范媛語也嘗試打開大門：「快給我們離開！」

「等等。」阿威沒有理會他們，反而走向了那個黑人女孩：「剛才妳說『最新加入梅林菲醫生』，妳現在不是妳自己？也不是梅林菲醫生？妳是……另一個人？」

「對，我是其餘四個人的其中一個。」女孩笑說。

就在此時，他們六人也感覺到暈眩。

「為什麼……」阿威用手按在額上。

由他們進入房間之後，一直也在吸入慢性催眠的氣體，現在就連孔武有力的謝寶坤也沒法反抗，蹲了在地上。

其他兩位女生已經昏倒在地！

「好好睡一覺吧。」黑人女孩說。

就在阿威最後的意識之中……

他看到那個黑人女孩說完「好好睡一覺」這句話後……

她的表情突然改變了！

然後，她說出了另一句說話……

「HELP ME！」

《後來，我總算過得不錯，前提，要曾經捱過痛過。》

CHAPTER 10

正式開始 BEGIN

CHAPTER 10 正式開始 BEGIN 01

2000年12月21日，下午三點二十五分。

旺角行人專用區開始使用的第一年，西洋菜南街的MIRABELL鞋店內。

「當作　是你開的玩笑　想通　卻又再考倒我　說散　你想很久了吧　敗給你的黑色幽默～」

店內正播放著周杰倫首張專輯的《黑色幽默》。

「看來今天沒什麼生意了，到中午才開了五張單。」店長輝哥說。

「放心吧，我會盡力去幫你做好今個月條數！」阿威拍拍他的肩膀：「別忘記，我是……」

「全公司的TOP SALE吧！」輝哥高興地說。

「沒錯！」

「見你這樣乖，我就跟你說吧，明天你喜歡那個趙殷娜會來我們店取貨。」

「真的嗎？」阿威非常高興。

「真的。」輝哥奸笑：「其實你都喜歡人很久了，為什麼不跟她說？」

阿威苦笑：「其實，暗地裡喜歡一個人，也是一種很浪漫的事。」

「什麼年代呀？暗地裡喜歡一個人很浪漫？你這個小子，黐線的，不理你了！」

輝哥走回後倉去洗手間。

阿威走出了門口，看著人來人往的行人專用區：「嘿，或者我真的是黐線，不過，我很喜歡這一種感覺。」

他沒有對著任何人，只是跟空氣說話。

突然！

「呀！！！！」

他的頭痛得快要爆炸！

「威，發生什麼事？」店內其他同事立即走了過來。

「呀呀呀呀！！！」

阿威蹲在地上，雙手插入髮根痛苦地大叫。

在場的同事不知道如何是好，只能在阿威身邊不斷叫嚷。

大約過了三十秒，他……停了下來。

「你沒事嗎？」輝哥蹲下來問他。

阿威滿頭大汗，兩眼通紅看著他。

他的第一句說話是……

「這裡是……是什麼地方？！」

……

…

.

深水埗黃金商場某電腦店。

另一個人也同樣頭痛到躺在地上，他是馬子明！

「明仔，你身體是不是出現了什麼問題？」他的同事緊張地說：「要叫白車嗎？」

「為什麼……會這樣的？」他看著自己的雙手。

「你說什麼？」

「媽的！為什麼……我會在這個身體？」

……

…

．

大圍樓上搏擊拳館。

「阿坤你像個女人一樣叫，幹嘛？」謝寶坤練拳的隊友拍打他的肩膀。

「呀！」謝寶坤像女生一樣大叫：「別要碰我！」

「媽的，你搞什麼鬼像個女人一樣？」

「什麼像個女人一樣，人家是女生！」謝寶坤嬌嗲地說。

「你是女生？哈哈哈哈哈！！！！」

全場的隊友也在大笑。

……

…

.

大帽山射擊靶場。

「媛語！小心！小心妳手上的槍！」槍會的職員緊張地說。

「我……我為什麼……」她看手上的手槍，驚慌地掉在地上。

替范媛語父親打工的職員慢慢走近她，然後踢走地上的手槍。

「大小姐，妳發生什麼事？妳剛才用槍指著我！」職員擔心地說：「要不要休息一下，是不是參加比賽太大壓力了？」

「我……我不知道……」她不斷搖頭：「我第一次拿著真槍！」

職員瞪大了雙眼看著她。

……

……

…

．

銅鑼灣高級法國餐廳。

「展雄，你沒事嗎？」一個漂亮的模特兒女生問。

他們本來一起下午茶，卻因為高展雄痛苦地大叫，餐廳的客人都看著他們。

「鏡！」高展雄跟身邊的侍應說：「有沒有鏡！」

「那……那邊有全身鏡。」侍應指指門前的鏡。

高展雄立即飛奔過去！

他看著鏡中的自己，整個人呆了。

「怎會這樣？」

……

…

.

元朗富來花園某單位內。

日月瞳一個人坐在床上。

她輕輕托了一下自己的胸部：「我……變了女人？」

日月瞳立即走入洗手間，看著鏡子。

「我……變成了月瞳？！」

他掃視四周，本來的鞋店變成了住宅之內！

「為什麼會這樣？」

……

……

……

他們六個人的靈魂，各自走到另一個人的身體之中！

這樣代表了……梅林菲醫生「靈魂鑑定計劃」……

正式開始了！

《你等待一個人時不只是在等待一個人，你要在等的時間內讓自己變得更吸引。》

CHAPTER 10 正式開始 BEGIN 02

發生轉換身體的那個晚上，他們六個人相約在一起。

而他們「相約」的定義，是每個人都各自在一個地方，只用「靈魂」來交談。

他們全部人已經記起了1999年11月19日去戲院那天所發生的事，當然，他們只記起昏迷之前的事。

「媽的，我拳館的隊友以為我撞鬼，變成了一個姐手姐腳的女人！」謝寶坤說。

「我今天也用槍指住了我父親公司的員工！」范媛語說。

「我的約會也被你們弄得一團糟！」高展雄說。

「威，我們現在應該怎樣做？」日月瞳問。

「大家過來看。」梁家威坐在自己家中的書桌前。

他把今天中午發生的事情列出一個表單，其他人可以用他的眼睛看到這個表單。

只有梁家威的家中，就好像有其餘五個人，站在他的背後。

范媛語　被　馬子明　入侵

馬子明　被　謝寶坤　入侵

謝寶坤　被　日月瞳　入侵

日月瞳　被　梁家威　入侵

梁家威　被　高展雄　入侵

高展雄　被　范媛語　入侵

前者為被入侵大腦的對象，後者為入侵大腦的人。

「今天發生的事絕對跟上年戲院的事有關，我們在今天下午三時半取回自己的記憶之後，大約有兩分鐘時間，我們的靈魂沒法控制入侵其他人的大腦之中，我覺得是記憶恢復時的出錯。」梁家威在分析著。

「就好像……好像電腦從關機後重新啟動一樣，出現了錯誤的畫面？」馬子明問。

「這是最簡單的解釋了。」梁家威說。

梁家威在家中，看著站在他身後左邊的馬子明，當然，現實環境中根本沒有人在。

「大家快來看！」范媛語大叫著：「我在家找到這個！」

六人由梁家威的家，跳到范媛語的房間內。

在范媛語手上拿著一本寫著「Soul Qualification Program」的簿子。

「打開來看，我記得他好像說過什麼『使用說明書』的東西。」高展雄說。

他坐到范媛語的床上，其他人也一起圍著范媛語，同樣的情況，這只是他們六人腦海中的影像，並沒有在現實世界之中出現。

范媛語打開那簿子，他們六人開始細閱內容。

第二組六名成員：

范媛語　18歲

高展雄　22歲

馬子明　21歲

謝寶坤　23歲

日月瞳　18歲

梁家威　19歲

靈魂鑑定計劃使用守則

一、六人的靈魂可以互相擁有其他人的感官與觸感；

二、可自行控制是否分享自己的身體與靈魂，但會預設為「共享」；

三、當入侵來到別人的身體時，本身的身體可以繼續行動與運作；

四、可以二人交換靈魂，亦可三、四、五人同時進入其中一人的大腦，共同交換靈魂；

五、可以互相溝通，不用任何的通訊設備，但本身的身體會同時說話；

六、如六人靈魂出現爭議，會以六人的領袖作出最後決定（即持有此書的人）；

七、分享與進入大腦的人，可同時得到當事人實時的記憶；

八、因互相擁有其他人的感官，如當事人受傷，同樣感受到痛楚；

九、靈魂進入大腦沒有時間限制；

十、因只是分享身體，當事人的想法並不會被其他人讀到；

十一、當事人亦可強制把其他人的靈魂趕離開自己的身體；

十二、同一組系可被另一組系入侵；

十三、還有更多不同的狀態，請自行確定使用方法。

計劃時間為期三年。

計劃內容一切保密。

測試者已被監察。

不得轉告他人以及作任何的記錄。

……

…

.

他們六人一起看著守則，大家都各自考量著，沒有說出半句說話。

《別要因為寂寞得太久，順眼就當是終生廝守。》

CHAPTER 10 正式開始 BEGIN 03

良久，謝寶坤第一個說話。

「媽的，就像微波爐的使用守則，又長又看不懂！」

「大家……大家有什麼想法？」馬子明問。

高展雄看著范媛語的少女房間笑說：「好像也不錯呢？我最喜歡少女的房間，哈！」

「你別要四處看！」范媛語生氣地說。

「范媛語妳沒有轉移視線，但高展雄卻可以看到房間其他的地方……」梁家威走向高展雄繼續分析著：「這樣說，進入其他人大腦的那個人，視線沒有被局限……你們等等我。」

梁家威在自己家查看網上的資料。

「人類的眼睛水平視角度最大可達188度，而人類眼睛集中時只能看到25度，這樣說……」

馬子明走回梁家威的書桌前對他說：「這樣說，其他人……其他人是可以看到更多的畫面，就算本人在集中看著一個方向。」

「沒錯！」

「啊？你的電腦有點老舊，其實可以換台新的。」馬子明看著梁家威的電腦說：「現在自己砌一台電腦也不需要很多錢。」

一說起電腦，馬子明說話也清楚很多。

「真的嗎？我也覺得它愈來愈慢了！你可以幫我手？」梁家威問。

「當然沒問題，我專長！」

另一邊廂。

謝寶坤的家中。

「看來你也得過很多獎牌。」高展雄走到謝寶坤家的大廳，看著玻璃櫃。

「當然！哈，我是三屆自由搏擊的冠軍，打遍天下無敵手！」謝寶坤自信地說：「所以你別要得罪我！哈哈！」

「我才不怕你。」高展雄搖搖頭苦笑。

「要不要約出來打一場？」

「怕你嗎？」

他們六個人，開始各自交談，一點緊張的感覺也沒有。

「喂呀！大家好像一點都不擔心似的！」日月瞳有點生氣：「我們之後應該怎樣做？」

他們五人一起走到日月瞳身處的地方，她正在銅鑼灣時代廣場，其餘五個人圍著她，而路人都用一個怪異的眼神看著日月瞳。

路人根本沒法看到其餘的五個人，只覺得日月瞳像瘋子一樣，在大街上大叫大喊。

「月瞳，妳還是去一個沒這麼多人的地方吧。」梁家威溫柔地說。

「我知道了！」日月瞳尷尬地快步走著：「我現在好像傻婆一樣，在街上自言自語！」

其餘五個人跟著月瞳一起走。

同樣的，路人只看見她一人在大街上走著，其實在她身後，跟著走的還有五個人。

這個畫面，就只有他們六個人可以看到。

「看來我們需要習慣一下現在的溝通方法。」梁家威走到月瞳的身邊：「而且，私隱也是一個問題。」

「的確是，私隱也是其中一個最重要的問題！」月瞳想了一想：「你這個笨蛋，第一次進入我的大腦時，我正在睡覺啊！你有對我的身體做了什麼嗎？」

梁家威想起了第一個動作就是摸摸月瞳的胸部，他奸笑了一下。

「沒……沒有！當然沒有做什麼！」梁家威在說謊。

高展雄也走上前搭著梁家威的肩膀奸笑：「看你的表情，應該不是什麼也沒做吧？嘰嘰！」

「真的沒有！」梁家威大叫。

此時，在梁家威家正在睡覺的梁媽媽打開門大罵：「威仔！輕聲一點！別吵醒你妹妹，明天她要上課！」

「對不起！」梁家威嘆了口氣，然後輕聲說：「看來，我們需要想一套新的……『溝通方法』。」

《只是你覺得他是人渣，但他對喜歡的人很好。》

CHAPTER 10

正式開始 BEGIN 04

一個喜歡用文字記錄生活的人，又怎會不把最近發生的不可思議事件，記錄下來呢？

只不過，他沒有寫入自己的日記簿，又或是跟日月瞳交換的日記之內。

他寫入了……

「第十二本日記」。

2000年12月23日　晴天

今天是「靈魂鑑定計劃」的第三天，發生在我身上的事，實在是太不可思議，甚至可以說是荒謬，就算我跟別人說，也不會有人相信，大家絕對會當我是瘋的。

所以，我決定了由12月21日開始，完結「第十一本日記」，用這一本新的日記簿，獨立去記錄在我身上所發生的事，當然，我現在已經鎖定了「沒有人可以進入我的大腦」。

我的身體，現在，就只有我一個靈魂。

在1999年11月19日那天之後，我如常地生活，月瞳依然是我最好的紅顏知己，這方面完全沒有改變，就算我跟黃美晶已經分手了，我也沒有跟月瞳走在一起，因為我知道「朋友比情人可以走得更長久」。

當然，她也同樣知道這個道理，只是我們都沒有說出口。

嘿，明明是寫「靈魂鑑定計劃」的內容，怎麼又會寫著她？

回到正題，我們都忘記了11月19日那天所發生的事，在我的腦海中，出現了兩段不同的記憶。

記憶一，我跟月瞳沒有去過沙田UA戲院，因為在當天早上，月瞳發現網頁是假的，根本就沒有什麼鑑定計劃，最後我們去了沙田禾輋邨吃晚餐。

記憶二，就是真實的記憶，我跟月瞳有去過沙田UA戲院，最後在戲院的員工室內昏迷了，然後就出現了記憶一。

就這兩段記憶，已經出現了很多問題，我們六個人也討論過，在我們記憶中最後看到的畫面，是一個黑人女孩跟我們說要抽血，還有在我們身上注射不明的液體，然後，我們就出現了「記憶一」，即是說，我們失去記憶的事，可能跟給我們注射的東西有關，但更重要的問題是……梅林菲醫生他們是如何將新的記憶加入我們的大腦？

而且還可以準確地讓我們六人在2000年12月21日那天，再次恢復「記憶二」這真實的記憶，他們是怎樣做到的？

這個「靈魂鑑定計劃」究竟在搞什麼鬼？

更奇怪的是，包括我在內，在我們六人身上發生了這匪夷所思的事，我們竟然有一種「其實可以接受」的感覺，明明一點都不合科學邏輯，但我們都好像接受了。

他們在我們身上究竟做了什麼？

在我們完全蒙在鼓裡的這一年時間，那個梅林菲醫生對我們做了什麼？

太多的問號了。

在「靈魂鑑定計劃使用守則」那本簿子中，大致上我也明白，但其中有兩點我比較在意，一個是「靈魂出現爭議，會以六人領袖作出最後決定」，而擁有這本簿子的人是范媛語，她是我們的領袖嗎？

另外有一點，就是「同一組系可被另一組系入侵」，究竟是什麼意思呢？

今天就寫到這裡吧，希望未來可以知道更多沒法解釋的「答案」。

……

…

·

阿威寫完今天的日記後，手機響起，是日月曈。

「怎麼打電話給我？」他按下電話立即說。

「因為你封鎖了靈魂與大腦，我沒法進入啊！」她說。

「現在我開放了，只有妳可以進入。」阿威說。

然後，在下一秒，月瞳已經坐在他身邊的座位上。

「嘿，我覺得愈來愈方便了。」阿威笑說，然後掛上電話。

「我以為你在做什麼呢？」月瞳笑說：「男生深夜在家，總是做著一些不想人知道的事吧，嘻！」

「我是在寫日記，第十二本日記。」他把日記給他看。

「原來如此！對啊，我們那本交換的日記還寫嗎？」她問。

「寫，不過絕對不要寫有關『靈魂鑑定計劃』的事。」

「明白了！」

其實，阿威記得守則中「不得轉告他人以及作任何的記錄」一事，他自己當然不怕，但他害怕月瞳會有危險。

就在此時，阿威突然想到一件事！

他立即在一個抽屜中找尋東西。

「你在找什麼？」

「我想找我的舊日記！我想知道……我在11月19日寫了什麼！」

《還在意他，但不再強求。有很多人是這樣愛著一個人的。》

CHAPTER 10 正式開始 BEGIN 05

阿威找回自己的舊日記來看。

「沒有。」他皺起眉頭：「18日就跳到20日！沒有寫下19日的日記！」

月瞳看著阿威手上的日記：「這不很正常嗎？因為那天我們都沒有了記憶。」

「不，我每天都會寫日記的，就算沒有了記憶，我還是會寫下『被改寫了的新記憶』，不是嗎？」阿威說：「現在可以肯定，我19日那天應該是去了某一個地方，所以沒有寫日記，而20日我又因為被加入了新的記憶，誤以為已經寫了日記，所以不以為然18日就跳到20日了。」

「原來如此，這就能解釋你為什麼沒寫19日的日記了。」

此時，阿威才留意到月瞳穿著連身的吊帶睡衣裙，立即移開視線。

「原來，還可以看到……看到其他人現時的衣著。」阿威有點尷尬地說。

「對啊！而且我發現如果對方睡著了就沒法進入他的大腦，也沒法聯絡。」月瞳在看著阿威書櫃上的漫畫書。

阿威卻想到另一個情況……

如果死掉了呢？

還可以感受到對方的存在嗎？

還有其他的情況會沒法聯絡上嗎？

「還有一件事……」轉眼間，阿威來到了月瞳的睡房：「當妳來我的家時，我同時也可以來妳的房間。」

「對啊！不過我們在別人的空間卻沒法觸摸到任何東西。」

月瞳在阿威家想拿起其中一本漫畫，可惜她的手穿過那本漫畫了。

「但當我本人接觸到任何東西時，妳卻會感受到。」阿威用大頭釘刺入手指頭。

「喂啊！痛呀！」月瞳叫著。

「對不起，我只是想測試一下。」阿威說：「看來有更多的『規則』是那本簿子沒有寫的。」

月瞳點頭：「就像簿子所說的『還有更多不同的狀態，請自行確定使用方法』。」

「的確是。」

在月瞳的房間，阿威睡在月瞳的床上，月瞳睡在他身邊，他們一起看著天花的碎花吊燈。

另一邊廂，月瞳坐到沙發上，阿威在她的身邊，一起看著電視播放的音樂節目。

「阿威，其實……我們是不是在發夢？」月瞳問。

「應該不是，如果真的是發夢，那一定是一個非常驚嚇的夢，醒了會全身冒汗那一種，嘿。」

在阿威的心中，其實答案是……「希望夢可以長一點」。

「冒汗？你是在……性暗示嗎？」月瞳笑說。

「黐線！妳傻了嗎？」阿威尷尬地說：「當然不是！」

「你現在睡在人家的床上，又說什麼全身冒汗，不是性暗示，是什麼？嘻！」月瞳奸笑。

「大小姐，是不是妳想多了？」

然後，他們在床上對望著。

他們的感覺，有一點尷尬，又有一份溫馨。

沒法接觸對方，卻在對方身邊。

「你望什麼？」月瞳問。

「妳又望什麼？」阿威反問。

「我在望一個會陪我到老的朋友！」月瞳說。

「我在望一個當我老死後會去我葬禮的人。」阿威說。

「我才不要！我要先死，我不想只剩下自己一個人！」月瞳賭氣地說。

「好吧，好吧，妳先死，嘿。」阿威無奈地笑著。

「喂，你兩個習慣在床上打情罵俏的嗎？嘿，很浪漫呢？」

一把男人的聲出現。

是高展雄，他看著阿威兩個人，他們兩人立即彈了起來！

「你怎麼突然走出來！」阿威帶點生氣。

「出事了。」高展雄說。

「出什麼事？」

「馬子明，好像……有危險。」

《我們一起以朋友的身份，走完人生的旅程。》

CHAPTER 10 正式開始 BEGIN 06

尖沙咀河內道，某酒吧門前。

馬子明被推倒在地上。

「四眼仔，你是不是想死！」男人凶神惡煞地說。

「對不起，他不是有心的！」酒吧另一個高級員工連忙道歉：「明仔，快跟客人說對不起！」

馬子明的眼鏡也快要掉下來，他驚慌得沒法說話。

「發生什麼事？」高展雄突然出現在他的身邊，蹲下來看著前方的男人。

「他……他……說我碰到她女友的胸部，我……我根本沒有！」馬子明大聲地說。

「沒有？你剛才已經色迷迷看著我的乳溝了，然後借意碰我的胸，死變態佬！」穿著低胸上衣的女人說。

「你真的有這樣做嗎？」月瞳也走了過來。

「我沒……沒有！」馬子明說：「根本就是你們看我不順眼，借醉發洩！」

「算了吧，就道個歉，應該沒事了。」阿威走到男人的前方：「看來這個男人只是想讓自己表現得很威風，要一點面子而已。」

「妳穿得這麼SEXY，只讓那個男人碰，浪費了妳這對胸呢？哈哈！」

全場人也呆了，因為說話的人是……

馬子明自己！

他用手掩著嘴巴！

當然，這不是他的說話，而是高展雄潛入了馬子明的大腦，利用他的身體說的話！

「你這個仆街四眼變態佬說什麼？」男人更加生氣。

「我說你下面這麼短，用胸夾著也不過癮呢？」馬子明說。

又是高展雄的說話。

「媽的，你找死！」男人走向馬子明。

「高展雄！你這樣做想馬子明死嗎？」阿威緊張地說。

「像這種借醉發洩的男人，我最看不過眼！自己的女人不是用來炫耀的，而是用來愛錫的。」高展雄說：「而且，我們有大隻佬謝寶坤在，怕什麼？」

「等等，謝寶坤他睡了，睡了的人沒法跟他聯絡！」月瞳說。

「什……什麼？」高展雄表情帶點驚惶失措。

男人的重拳已經打在馬子明的肚皮上！

同一時間，他們四個人感受到痛楚！

「很痛啊！」在房間的月瞳說。

「幹……」阿威痛苦地說：「月瞳，妳先離開馬子明的大腦！」

「我不要！我們一起對付他！」

「怎樣對付他？」阿威說。

在不遠處，另外的三四個男人走了過來。

「大哥，怎樣了？」

「這個四眼仔摸你們阿嫂！你說呢？」男人奸笑。

「去你的！我們阿嫂也敢碰？」

馬子明按著肚皮退後了幾步，然後說：「你們也想碰那個大波妹吧，對吧？不如就做襟兄弟，一起上她！」

「幹你娘！你說什麼？！」男人憤怒大叫。

「高展雄！」

阿威在一旁大叫他的名字，因為他已經知道這句說話不是由馬子明說的，而是高展雄！

「打不過要怎樣了？」高展雄已經準備好：「跑！」

臨走前，馬子明還要做了一個中指手勢！

「追！」

他們展開追逐戰！

「讓我來！」高展雄跟身邊的馬子明說。

馬子明像摩打腳一樣加速，那班男人完全沒法跟得上！他見欄就跳、見車就避，就像在玩越野障礙賽一樣，身手敏捷！

走了五分鐘後，他們已經來到了海港城對出公廁的位置。

「停一下……停一下……應該沒有追來了……」馬子明氣喘如牛。

不只他，其他的三個人都累得坐在地上。

「鬍線……」阿威搖搖頭在喘著大氣：「都是你高展雄，為什麼要得罪那些人呢？」

「因為我最討厭這一種男人。」他說：「打不過他們，氣氣他們也好，哈！」

「嘿，不過你跑得真快！」阿威同意他的想法。

「當然吧，我讀書時代表學校參加地區田徑比賽，還拿過獎。」高展雄也在喘氣。

「原來……原來如此。」阿威看著蹲在地上的月瞳：「月瞳，妳沒事吧？會不會很辛苦？」

她高興地搖頭：「很……很刺激！我很久沒這樣被一班人追過了！嘻！」

「嘿，妳也是瘋的，竟然說刺激？」阿威苦笑：「不過，這次事件，證明了不只是痛楚，身體上發生的變化，例如氣喘，我們也會共同承受，還有……」

「這次慘了……沒有了……」馬子明突然打斷了他們的對話。

「四眼仔，你又怎樣了？」高展雄問。

「我又要找新的兼職了，唉……」

「這種工不做也罷！別這樣，最多我明天請你吃宵夜！」阿威搭著他的膊頭說。

當然，他們沒法真正接觸，阿威只是作勢搭著，而且其他路人都只是看到馬子明一個人在喘氣。

看到他在自言自語。

「真的嗎？」

「對，不過快月尾了，沒什麼錢，就吃餐便宜的吧。」阿威高興地說。

「好啊！聽者有份！」月瞳愉快地舉手。

「我當然也一起去！」高展雄說。

然後，他們四個人一起笑了。

而路人只見到馬子明一個人傻傻地笑著。

這一晚，是他們首次成功利用「靈魂」合作逃過別人的追擊，在未來的日子……

還會發生什麼事呢？

《不是他的錯，只是你無條件付出太多。》

CHAPTER 11 讓愛 LET LOVE

CHAPTER 11 讓愛LET LOVE 01

第二天的晚上。

結果，是六個人一起出來吃飯。

六個真實的人現身一起吃飯。

阿威打開自己的銀包看，然後看著滿枱的日本料理，嘆了口氣。

「昨天出現了一個新的情況，展雄可以代替子明說話，而且運用了展雄的奔跑能力。」月瞳說：「這樣說，其實我們也可以同樣控制『組系』中其他的人吧。」

「不行不行，我現在想妳夾件拖羅刺身給我，但妳沒有這樣做，即是說，我沒法未得妳同意就進入你大腦去代你說話與行動。」阿坤一口咬下那件又肥又可口的拖羅刺身：「昨晚你們應該打電話給我叫醒我吧！」

「拖羅刺身……一口就五十元……」阿威看著阿坤大口地吃。

「但問題是我當時根本沒有想過同不同意展雄代我發言，我也不知道他會這樣說。」子明吃下半板海膽。

「半板海膽……至少八十元……」阿威看著他自言自語。

「可能是處於緊急的狀態，就算未經同意，都會被另一人代替說話。現在先說明一下，大家不能亂代當事人說話，知道嗎？」媛語吃著大海蝦：「這海蝦真新鮮啊！」

「大海蝦……又三十……」阿威看著媛語說。

「孤仔你煩不煩？！看著別人吃東西自言自語！」阿坤用筷子指著他說。

「幾位大哥大姐，你們知道嗎？你們已經吃了我半份糧。」阿威樣子非常可憐。

「又是你說請大家吃飯的。」子明說。

「我是說請你，而不是請其他人！」

「哈！現在我們是六為一體，你請一個人，就是要請其餘五個！」展雄說。

「孤仔別怕！找天我帶你過大海賭錢，很快就翻本了！」阿坤用力拍拍他的背脊。

「痛呀大隻佬！」阿威大叫。

「月瞳，妳有沒有跟他們說我們今天發生的事？」媛語轉移了話題。

「還沒有啊！」月瞳說：「現在說吧！」

「有什麼事發生了？」

「因為昨天我很夜才睡，而今天有我不喜歡上的課，所以我叫媛語代我上課了。」月瞳說。

「壞學生。」阿威揶揄她。

她吐吐舌頭。

「結果我跟月瞳交換了身體，我代她上沒趣的課，她代我去了行街買衫。」媛語說。

「這很正常吧，不是嗎？」阿威說：「這方面守則也有寫是可以這樣做。」

「問題出現在我的靈魂可以完全不在自己的身體上課，而我對上課的事件也沒有任何記憶。」月瞳說：「這樣說，我們是可以把身體完全交給對方的靈魂去控制，而自己卻可以躲開不想遇上的事。」

「啊？原來還有這種操作。」阿威在袋中拿出簿子寫著。

「你在寫什麼？」月瞳問。

「先等一等。」阿威在簿內寫著字，不久他說：「其實，我也做了個有關我們『靈魂交換』的簡單圖表。」

在上方是一個雲的形狀，下方有六個正反方向的箭咀，在雲內寫著「綜合靈魂組系」。

「其實就以現在我們的情況來說，這樣解釋容易很多。」阿威說：「我們六個人的靈魂不是直接走入了其他人的大腦，而是走入了一個共享的『組系』區域之中，然後，我們就在『組系』區域中，再走入別人的大腦內。」

他們五人聽著他的解釋。

「現在，我來解釋，在怎樣的情況，會發生這一種交流輸送靈魂的處境。」

《為什麼會想你卻沒找你？都只因想死心卻未心死。》

CHAPTER 11 讓愛 LET LOVE 02

「大腦、身體、靈魂。」

阿威在簿上寫著這三樣東西。

「由現在開始，我會用我想出來的獨有名詞去說明，比如『組系』就是代表我們六個人，『潛入』就代表進入各人的身體，『同步』就是代表我們一起經歷某件事件，『雲端』就是我們靈魂能一起共用的地方，大家聽得明嗎？」他問。

「暫時沒問題！」月瞳回應。

其他人也點頭。

「好吧，我給你們看我寫下的筆記，我會詳細解釋。」

他們看著阿威的筆記本。

「我們六個人的靈魂可以在『雲端區域』自由進出，然後再從『雲端區域』走到我們任何一個人的大腦內，同時可以感受對方身體上所有的感官。」

「靈魂交換」有以下情況：

一、我們的靈魂可以六人同時潛入其中一個人的大腦，同樣情況，我們也可以在同一時間，六人分別潛入其餘五個人的大腦，就如一心多用一樣，我稱之為「靈魂分身」。

二、因為我們的靈魂可以由「雲端區域」自由出入，可以一心多用「本體」的我們依然可以繼續做著自己的事，比如，我可以一面寫日記一面跟其他五人一起交談。

三、在這情況之下，其他五人的靈魂也可以進入我的大腦，看著我寫的日記，但我亦可以使用「靈魂封鎖」，不讓任何人的靈魂進入我的大腦，其他人只可以在『雲端區域』中等待我把「靈魂開放」。

四、我們的靈魂可以在「雲端區域」內自由溝通。用一個家庭來比喻，就是我們可以在自己打開的私人房間與『雲端區域』大廳中的其他人聊天，但我們不能不發出聲音對話，所以我們會在現實世界中像對著空氣說話般自言自語，而溝通會受到「靈魂封鎖」而限制，則在「靈魂封鎖」時我們不能對話。

五、靈魂潛入另一個人的大腦後，我們會看到對方的影像出現於眼前（其他普通人不能看到），並且穿著當時的服裝。我們可以看到，卻沒法接觸，簡單來說，就像電影中鬼魂出現的真實影像一樣，我稱之為「真實殘像」。

六、而其他人的靈魂進入「本體」的大腦時，可以控制他的身體，比如可以代「本體」說話與行動，但需要得到「本體」當事人的同意，不過，在馬子明的事件中，可能因為當過份緊張與驚慌之時，高展雄也可以不用「本體」同意，直接代替「本體」說話。

七、一切「本體」身體上所受的傷害，「潛入者」也會有同樣的感受，甚至是身體出現的不同情況也會出現，比如馬子明逃走時，身體因運動過度而氣喘，其他潛入的靈魂也會感覺到辛苦氣喘。

八、不過，依照以上規則，卻不會影響「潛入者」本身的身體，即是說，例如「本體」被劈去了手臂，「潛入者」本身的身體不會受到傷害，但會感受到劇烈的痛楚。

九、「組系」中的六人，可以直接交換靈魂與身體，身體可給對方的靈魂完全控制，同時可以不去感受對方所發生的事，像月瞳與媛語的情況，月瞳直接去代替媛語去逛街，卻不會有上課的記憶。

十、在睡覺時，靈魂會作出封鎖，我們沒法溝通與聯絡，直至醒來。而「本體」的想法，是不會被「潛入者」讀到，因為大家只是以「靈魂」共享「雲端區域」，而不是讀取別人的思考，各人的靈魂，依然會有自己想法。

十一、「潛入者」的視野，會比「本體」大得多，因為人類的眼睛水平視角最大可達188度，即是說「潛入者」的視角會是「本體」的整個前方，而「潛入者」的「真實殘像」，可以在「本體」看到的視線中四處移動，比如我可以坐在月瞳的床上，而月瞳也可以看到我坐在床上。

十二、「組系」內的人，可以共享能力，比如高展雄的敏捷身手，可以在馬子明的身體上使用，而其他的能力，有待發掘。但有一點要注意，我們不能超越「本體」身體的極限，比方說，潛入者可以在水中閉氣十分鐘，但「本體」不能承受，可能會引致死亡。

「大約就是這樣了。」阿威解釋完畢：「聽完妳們剛才所說，我加入了第九點。」

「嘩，你寫的比他們給我的本子更詳細！」媛語說。

「不，應該還有更多的情況與細節我們還未接觸到，也許還會更詳細。」阿威說。

「什麼靈魂分身、真實殘像、共享能力，我聽到一頭霧水。」阿坤說。

「你不用明，你只需親身經歷就好了。」阿威說。

「其實呢……」

展雄突然問了一個問題。

「你們有沒有想過，找出那個讓我們變成現在這樣子的梅林菲醫生？」

其他五人，也沒法立即回答他。

這是他們下一步要做的事？

《有些人會用一個沒有人知的方式去愛著另一個人。》

CHAPTER 11 讓愛 LET LOVE 03

2000年12月25日。

這年的聖誕節非常寒冷，在數日前天文台發出了寒冷天氣警告，街上的行人也著上了大褸、戴上了頸巾與冷帽，對抗著寒冷的天氣。

不過，愈是寒冷的天氣，愈有聖誕的氣氛。

旺角西洋菜南街一間鞋店內。

「祈求天父做十分鐘好人　賜我他的吻　如憐憫罪人～」

就在楊千嬅《少女的祈禱》的伴奏之下，阿威跟鞋店的店長正在聊天。

「威，今晚放工後，我們跟其他店一起去唱歌慶祝，預你一份了。」男店長輝哥奸笑：「你喜歡的那個趙殷娜也會去，你懂我的意思吧。」

「我當然會去吧！」阿威高興地說：「臨走時，我就送她回家，嘿。」

「啊？哈哈，你這個衰仔你壞了！」輝哥碰碰阿威的手臂：「你怎樣了？又說什麼暗戀最浪漫，現在又這麼進取？」

「沒什麼沒什麼！人會變的吧，嘰嘰！」阿威奸笑：「放心吧，無論玩到多夜，BOXING DAY我必定時準時上班！」

「遲到請吃一星期早餐。」

「成交！」

阿威為什麼像變了另一個性格？

因為現在跟輝哥對話的人，不是他本人的靈魂，而是高展雄。

阿威與展雄今天達成了協議，決定了交換靈魂與身體，因為展雄想幫阿威追到趙殷娜。

鞋店倉內的洗手間。

「展雄，不如還是算了，其實我也不是想追她……」阿威說。

「你怕什麼？有我在，十拿九穩！」

「好像不太好，不如今晚就去調查一下你所說梅林菲醫生的事吧。」

「別跟我來這套，你跟之前的女友分手多久？」展雄問。

「幾個月吧。」

「你不想這個聖誕節，有人陪你過嗎？」他奸笑：「過一個……溫暖的聖誕節。」

溫暖的聖誕節？阿威想了一想，然後說：「好吧，不過你別要亂來！」

「我怕是你亂來，嘰嘰。」

「阿威你在洗手間自言自語幹嘛？快出來，我急尿！」另一個同事拍門。

「我……我在講電話，現在出來了！」

然後，阿威看了展雄一眼，他自信地微笑了。

……

…

.

這天晚上，尖沙咀寶勒巷NEWAY KARAOKE BOX。

一間PARTY房內，十多二十位鞋店的同事一起慶祝聖誕節。

阿威已經跟趙殷娜混熟了，當然，那個跟趙殷娜溝通的人是展雄，阿威的酒量非常淺，一早已經睡死了。

問題出現了，原來當阿威的靈魂睡了後，展雄沒法離開阿威的大腦，他要繼續留在他的身體之內，直至阿威醒過來。

就如房間的屋主昏迷了，只有他知道鎖匙放在那裡，不然，其他人沒法離開與進入這個房間。

「幹，他這樣就睡死了嗎？就只是喝了一點……」阿威說。

這個阿威是在他身體內的展雄。

「你說什麼？」長髮的趙殷娜用誘惑的眼神看著他。

「沒……沒什麼。」阿威想了一想，因為音樂很大聲，他只能在她的耳邊說：「我在說，其實我覺得妳很像一個人。」

「像誰？」

「我未來的女人。」

「嘻！你口甜舌滑啊！」帶點醉意的她笑說：「我聽說你是怕醜仔，看來他們都看錯了。」

「我也以為妳是那些乖乖女呢？」然後阿威看著四周的環境：「不如，我們去別的地方聊？」

「你想去哪？」

然後，阿威搖搖手上的車匙：「去浪漫地慶祝聖誕！」

《愛你的人是不太懂説話，但騙你的人會懂。》

CHAPTER 11 讓愛 LET LOVE 04

他們倆人離開後，因為大家都帶了幾分醉意，不用多說，他們去了半山的高級酒店開房。

不過，趙殷娜已經睡死了，在阿威身上的展雄沒有進一步行動，他走到房間的平台抽煙，他有打電話給自己，在展雄身體上的阿威沒有接聽，也睡死了。

「媽的，剛才醉駕好像沒被發現，嘿。」他拍拍自己的腦袋，吐出了煙圈：「阿威的身體真的是……他的細胞是不是沒法分解酒精的？喝一點就醉到不能醒來……連我酒量這麼好的人也有一點醉意了。」

他內心有一點內疚，雖然身體是阿威的，但跟趙殷娜開房的人卻是展雄，他有一份對不起兄弟的感覺。

「沒辦法了，明天直接跟阿威解釋吧。」

此時，他走回房間，看到滿地都是雜物，其中趙殷娜的銀包從手袋掉了出來，他本能反應拾起銀包放在茶几之上，卻無意打開了來看，他被一張相片吸引著。

「怎會……怎會這樣？」他非常驚訝。

他再次看著睡得正甜的趙殷娜。

「她是……趙美娟？」

阿威坐在房間的沙發上，一直看著床上還未醉醒的趙殷娜，也不知道過了多久，有半小時？一小時？兩小時？

他終於作出了一個決定。

阿威走到床邊叫醒了趙殷娜。

「醒醒，我有事想跟妳說。」阿威拍拍她的臉頰。

「怎……怎樣了？」趙殷娜半醉半醒。

「聽我說……」阿威的表情非常認真：「妳再清醒一點以後，請妳去找一個叫高展雄的男人，他有話想跟妳說。」

「為……為什麼？我也不認識他……」趙殷娜拍拍自己的額角。

「請妳去一次！到時妳就知道原因了！」

阿威的樣子非常堅定。

趙殷娜看著他那認真的眼神。

「求求妳，就去見見他！見他一次！」阿威就像日本人般向她九十度鞠躬請求。

趙殷娜摸摸自己身上的衣服，衣服沒有被脫下，她心中想，阿威沒有因為她喝醉而乘人之危，也不是壞人呢？

「好吧，我一會就去見他。」趙殷娜點頭。

「謝謝！」

……

…

．

第二天早上。

「頭痛死了！」

酒店房內只餘下阿威一人，他的靈魂終於醒過來，他完全不知道昨晚究竟發生了什麼事。

趙殷娜已經離開，他只看到茶几上留下一張字條。

「我很快會跟你解釋。　展雄」

他看看四周的環境，然後想聯絡展雄，卻被展雄「靈魂封鎖」沒法進入他的大腦，阿威拿起手機想打給他，可惜電話也打不通。

他有一個很強烈的預感……

在他們三人之間，應該發生了什麼奇怪的事。

……

…

．

跑馬地一間咖啡店內。

昨晚，趙殷娜與展雄已經見面，而且在展雄的家聊了一整個晚上。

「我還未能完全相信你跟我說的事。」趙殷娜說。

「我不知道要怎樣跟妳解釋，不過，昨晚的阿威，的確是我。」展雄說：「不然，我又怎可以跟你說出昨晚由見妳開始，每一句說話、每一刻發生的事？」

趙殷娜泛起了淚光。

「我看見妳第一眼，其實已經覺得有點面熟，妳是趙美娟，不是趙殷娜。」展雄緊緊捉著她的手：「妳以後不要再上班了，我會給妳幸福的生活，好嗎？」

「但……」

然後，展雄拿出一隻很舊的銀色生鏽戒指：「從我八歲那年，我就一直保存到現在，妳記得嗎？是妳送給我的。」

趙殷娜看著戒指，眼淚已經不禁流下。

「我會兌現我小時候的承諾，請讓我……照顧妳。」

她抹去眼淚，然後微笑點頭了。

在趙殷娜的生命中，遇過很多男人，就只有展雄會一直保存著「他們的回憶」，保留著那隻生鏽的戒指。

在展雄的人生中，追求過很多女生，只有這一次，是唯一一次，他真心希望擁有這一位女生，把她變成自己故事的女主角，給她幸福。

你們相信一見鍾情嗎？

他們相信了。

而他們的一見鍾情，卻不是發生在現在這個年紀，而是……「小時候」。

八歲的那年，高展雄的父母因車禍離開，他是跟著愛喝酒的叔叔長大，當時他很窮，而且經常被叔叔虐打，那時候，有一位很慈祥的社工一直照顧他，這位社工就是趙殷娜的媽媽。

當年，還沒改名的趙殷娜經常跟展雄一起玩，而且她還會扮演大人一樣安慰他，希望展雄可以走出痛苦的經歷。

只有八歲的展雄，曾跟她說過：「我長大了，有錢了，我會照顧妳！」

他要像慈祥的社工照顧自己一樣，照顧她的女兒。

當然，別人都覺得這只是小孩子隨便說出口的說話，又有幾多人會相信，這位八歲小朋友的承諾呢？

其實展雄一直也記在心中，一直好好保存著那一隻已經生鏽的戒指。

十多年後，他們終於再次遇上。

男孩已經長大成人，決定了兌現他的承諾。

就在昨晚，展雄在趙殷娜的銀包中，看到了她媽媽的相片，記起了童年的回憶。年紀比較大的展雄對這位小女孩當然有印象，但比他少的趙殷娜，卻已經忘記了他。

再次遇上的這個晚上，展雄把自己的事都跟她分享，勾起了趙殷娜的回憶。展雄得知她媽媽已經不在人世，讓他更想報答當年照顧之恩……

展雄要好好照顧她的女兒。

兌現自己的承諾。

「那阿威呢？」趙殷娜突然問：「就是因為他，我們才可以再次遇上。」

展雄想了一想：「放心，我會跟他解釋。」

《或者，只是你覺得他是人渣，但他對喜歡的人很好。》

CHAPTER 11 讓愛 LET LOVE 05

西洋菜南街，某大廈的天台。

「一切就是這樣。」展雄說。

阿威沒有說話，只是看著眼下繁榮的街道。

展雄走近了他，然後阿威立即轉身，一拳打在展雄的臉上！

不是「靈魂殘像」，而是結結實實地打了一拳！

展雄沒有任何的動作，只是呆站著，他知道自己的不對，卻又無能為力去給阿威一個更合理的解釋。

「這是你把我喜歡的人搶走的代價！」阿威說完，像洩氣氣球一樣坐在地上：「其他的，其實我也沒權過問，我只是一個暗戀她的人。」

展雄蹲在地上：「孤仔，對不起。」

「你要好好地對她，不然，我會對你不客氣！」阿威怒視他。

「我會的，如果不是你，我不會跟美娟再次遇上，除了跟你說對不起，我還要說謝謝你。」

他的嘴角滲出血水。

阿威沒有說話，他們一起看著早上西洋菜街的天空。

阿威憤怒，卻無奈地覺得自己根本沒有一個身份去罵展雄。

展雄內疚，卻沒法因為阿威放棄一個一直等待的女人。

有時，男人之間，就是會有這一份奇怪的共鳴，阿威知道，就算自己真的跟趙殷娜一起了，也絕對不會比展雄好，展雄的確可以給她一個滿足的生活。其實，展雄不是搶去了趙殷娜，而是自己沒能力擁有這個女生而已。

阿威，是知道的。

「我不是退出，也不是做到讓愛這麼大方。」阿威看著天空說：「我只不過是，沒有阻止一個喜歡的人奔向比我更好的人。」

是一份淡淡的傷感。

「總之，我欠你一個人情。」展雄抹去嘴角的血水：「我一定會還。」

「還有一件事。」阿威說。

「說吧。」

「你只需要跟趙殷娜說我是一個玩家，叫她別要再接觸我，說我是一個人渣就好了。」阿威說。

「為什麼？」展雄不明白。

兩個不同世界的男人，的確會有男人的共鳴，但總會有不能完全明白對方的想法。

「而且別要再說跟我有來往。」阿威堅定地說。

「為什麼要這樣做？」展雄重複問。

「就讓我跟她的故事……」阿威苦笑說：「這樣結束吧。」

或者，展雄不會完全明白阿威的想法，不過，從他的眼睛可以看得出，阿威堅決的眼神。

「好，我答應你。」

然後，他們再次看著西洋菜街的天空。

在同一個天空之下，兩個男人走著不同的戀愛道路。

……

…

．

下午，阿威回到鞋店，他正在換制服之時，店長輝哥走了入倉。

「威，你昨晚搞什麼鬼？」輝哥帶點生氣地說。

「什麼搞什麼鬼？」阿威苦笑：「我不是準時上班嗎？」

「不是你，我說趙殷娜！她今天沒有上班！」

「關我什麼事？」

「昨晚你把她灌醉後，就把她帶走了，還說不關你事？」輝哥看一看有沒有人進來：「你是帶她去開房了？」

「沒有，在她的家吧。」阿威在說謊：「嘰嘰，可能我昨天太厲害了，她今天沒上班也正常吧！」

「媽的，我被他們店的店長罵慘了，唉。」輝哥拍拍自己的前額：「他說我的人亂搞男女關係，讓他們店的人都沒法上班。」

「輝哥。」阿威把手搭在他的肩膀上：「放心吧，沒事的，不過那個趙殷娜真的超正，下次我們……一起上吧！」

「你真的瘋了！」輝哥拍開他的手：「不說了，快點換衫！」

輝哥離開，阿威看著他的背影……奸笑了。

此時，展雄出現在阿威身邊。

「你為什麼要這樣跟他說？」他問阿威。

「我不是說過用這樣的方法結束嗎？」阿威看著後倉窗外的大街自言自語：「就讓全世界的

人都覺得我是人渣就好了。」

展雄沒有說話，只看著在強擠出笑容的阿威。

在現實的世界，大家都會亂說別人的壞話與不是，根本不會先了解在那個人身上曾發生過怎樣的事，阿威決定讓全部人誤解他，他反而能夠得到一種……

「解脫的感覺」。

用痛苦去治療痛苦。

「別忘記你的承諾。」阿威說：「我是壞蛋，你才是殷娜的英雄，要好好珍惜這個女人。」

展雄看著他的側面，他知道這個比自己年輕又相當感性的男人，其實，他的內心，比自己更強大。

比任何人更強大。

展雄說了一句說話。

「你是一個很了不起的人。」

在心中說的。

《或者，應該要謝謝你，讓我知道，凡事都總有限期。》

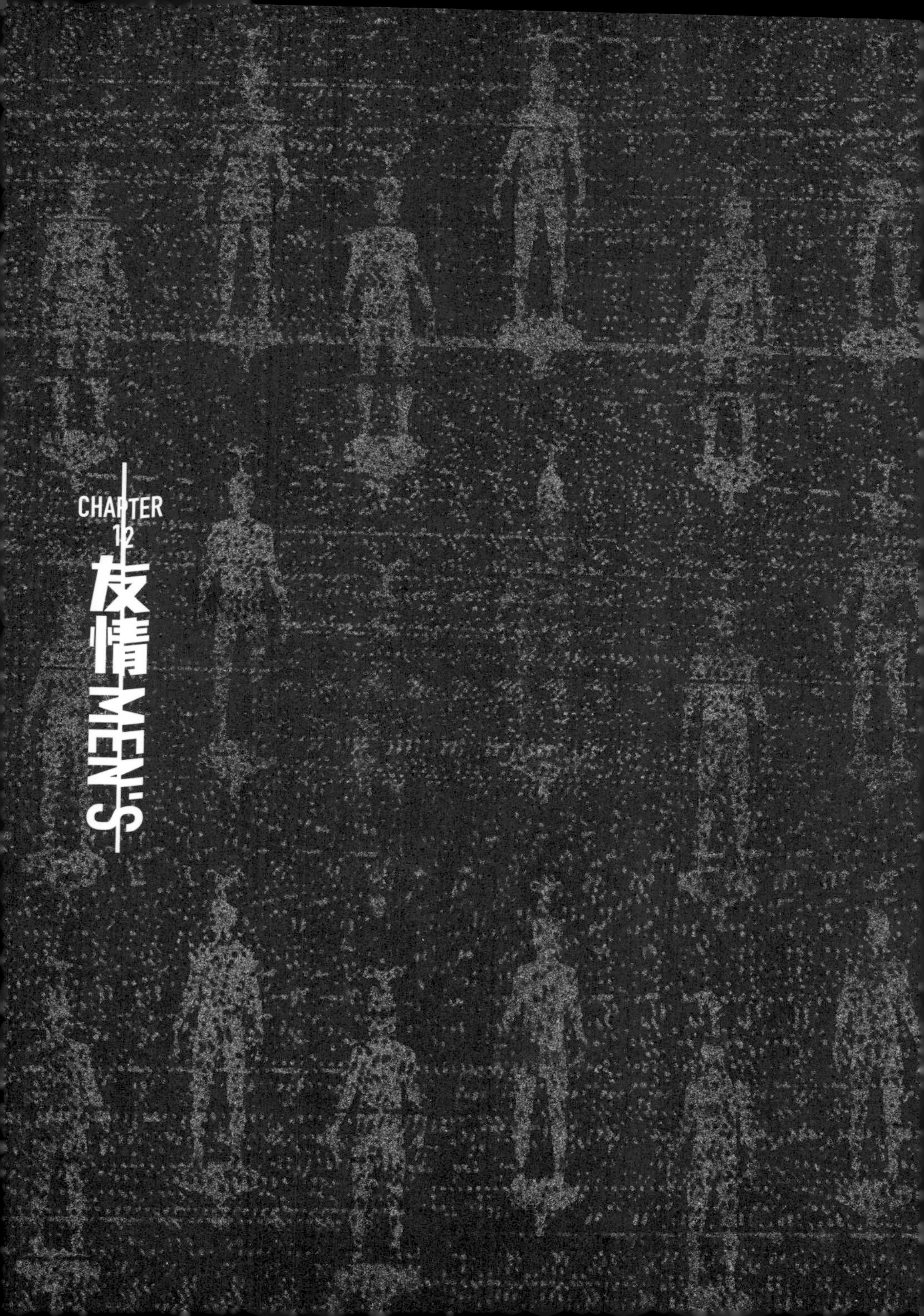
CHAPTER
12
友情MEN'S

CHAPTER 12 友情 MEN'S 01

2001年1月1日。

一年新的開始。

阿威沒有任何的慶祝活動，做零售行業，反而在大時大節沒有假期，而且比平常的日子更忙碌。

後倉中，他吃著那個已經放到冷了的飯盒。

「一年的第一天，我來陪你吃飯啊，高興嗎？」月瞳坐到他的身邊。

「很高興呢！我需要笑嗎？」阿威強顏歡笑。

「別要這樣吧，很快就放工了，不是嗎？」

阿威看看手錶：「現在三時，我放十二時，還有……九個小時，就是多轉九個圈……真的很快嗎？」阿威失望地說：「月瞳，妳要好好讀書，別像我一樣，每天上班也超過十二小時。」

「我很努力啊！未來我想做獸醫，不過學費很貴啊。」月瞳說。

「如果需要幫手……」

「不用！我不會問別人借錢！我會自己想辦法的了。」

「知道了，知道了。」阿威明白她是一個性格倔強的女孩，也不多說下去。

「媛語在網上找過那個梅林菲醫生的資料，可惜沒找到任何有關他的事。」月瞳轉移了話題：「不過，我從一位醫學研究院的教授得到了一些資料。」

「什麼？」阿威立即精神起來：「妳是怎樣認識研究院的教授？那些又是什麼資料？」

「我總有我的方法吧！」月瞳自信滿滿地說：「他跟我說，曾認識梅林菲醫生，他在1990年開始了研究靈魂，不過因為他的計劃被醫院研究所列入『高度危險項目』，最後他被禁止了。」

「真的嗎？高度危險項目所指的是……『靈魂鑑定計劃』？」阿威追問。

「教授也不知道呢，因為梅林菲離開醫學院後，聽說去了津巴布韋定居，之後再沒有人找到他了。」月瞳說。

「然後就在十年之後，回來香港，找上我們做實驗品……」阿威在思考著：「妳有沒有跟他說出我們六個人的事？」

「當然沒有！那本簿子不是說了不得轉告他人嗎？」

「是這樣嗎？」

在阿威的心中，其實對這一點存在疑問，其實他一直也在第十二本日記中記錄著整件事情，已經過了十天，他也沒有遇上任何危險，他覺得「保密」二字，好像在虛張聲勢。

「妳繼續在這方面調查一下吧，今晚我們再告訴其他人。」阿威吃完最後一口飯：「我差不多要出去工作了。」

「什麼？這麼快？才十分鐘！」

「沒辦法，人手不足，吃飽了就繼續做，習慣了。」

「好吧，我也回去上課了。」月瞳說。

畫面突然轉到月瞳身處的地方。

「嘿，妳騙誰？上課是在銅鑼灣的嗎？」阿威在她身邊說。

月瞳吐吐舌頭：「嘻！騙不到你，今天我走堂，跟媛語去買手袋，不過，媛語怎麼了，這麼遲？」

畫面突然又轉到地鐵車廂內。

「我就到了！就到了！」媛語看著眼前的阿威與月瞳說：「我已經在金鐘！」

他們兩人看一看地鐵車廂內的指示板，明明現在只是在上環。

「在金鐘？嘻，你想騙誰？」月瞳奸笑。

「妳怎麼學我說話？」阿威看著月瞳。

此時，車廂內的人看到媛語自言自語，給她一個奇怪的眼神。

媛語立即拿出手機扮作聊天：「又被人當是黐線婆了！阿威你又要去嗎？」

「我才不去，我對手袋沒興趣。」阿威說。

畫面回到了鞋店。

「對啊，他要上班啊，阿威你看！有客人進來了。」月瞳說。

「歡迎光臨！」阿威大叫完後，輕聲說：「我去工作了。」

那個客人走到皮鞋架前，阿威看清楚他的樣子，這個男人應該是一位……

日本人。

《別誤會，有些人，從來也不是在等你，只是在等自己心死。》

CHAPTER 12 友情 MEN'S 02

阿威是這間上市鞋店的TOP SALE，他一直跟那個日本人介紹皮鞋，日本人男人挑了一雙SALEM皮鞋，坐了下來等待。

阿威從倉走出來後，蹲在地上替他綁鞋帶。

「沒想到你懂得廣東話。」阿威說。

「我在大學時代是副修國語與粵語，我很喜歡中國的文化，希望未來可以在這方向發展。」日本男人說：「而且我經常來香港，最喜歡是香港了。」

「你是做什麼工作？」阿威問。

「我讀新聞系的，現在於愛媛新聞社做記者。」男人拿出了卡片：「我剛起步開始我的事業，希望這雙皮鞋可以跟我闖破不同的難關。」

他在鏡前看著自己穿上的皮鞋，充滿了自信。

阿威看著卡片，上面寫著「記者　二宮京太郎」。

「還有其他的皮鞋可以跟這一對作比較嗎？」二宮京太郎問。

「有，我來介紹給你！」

也許，阿威對一個懂得廣東話的日本人略有好感，他很落力地介紹，而且，他能夠成為公司的傑出售貨員不是只靠HARD SELL，而是他喜歡跟客人聊天，打成一片，客人都會對他介紹的鞋充滿信心。

他一面替二宮京太郎挑選鞋，一面問他很多有關日本的事，整個銷售過程都很順利。

「在日本工作是很大壓力的。」二宮京太郎說：「最近我要做一個專題報導，不過題材還未定。」

「你有興趣寫一篇有關靈魂的報導嗎？」阿威突然問。

二宮京太郎呆了一樣看著他。

「哈哈！我只是說笑，那個說出來也沒有人會相信。」阿威傻傻地笑著。

「不，好像很有趣的感覺！」

阿威隨口說的，沒想到二宮京太郎對這很感興趣。

「如果你有時間，放工後可以跟我聊聊你說有關靈魂的事嗎？」他問。

「可以是可以的，不過……」阿威在他耳邊說：「你可能會覺得我是瘋子。」

「為什麼？」二宮京太郎好奇問。

「因為發生在我們身上的事……根本完全不合科學邏輯！」

「今晚就跟我詳談吧。」

「可以，不過我想你暫時別要跟其他人說，因為可能會有危險也未定。」阿威說。

「哈，你怎麼愈說愈神秘似的？我更想知道呢。」二宮笑說：「那主題就先命名為……

『我遇上危險人物』吧。」

「嘿，很有吸引力的標題！」

「你說的靈魂題材，是發生在你自己身上？」二宮京太郎問。

「對。」阿威想了一想：「也不對，應該說是發生在六個人的身上。」

「明白了，好吧，我還是不阻你上班了，這對皮鞋我現在就穿著走吧。」他說：「之後，我再詳細問你。」

「謝謝！」

二宮京太郎的好奇心很重，或者，做他這一行是很需要有這一份找出真相的魄力。

他們多聊一會後，二宮京太郎付款，他再次提醒約會的事，阿威跟他交換了電話號碼。

然後，阿威在手機通訊錄輸入了二宮的電話號碼，在附註一欄中寫著……

「危險人物 01-01-2001」。

《放下是一個過程，終有天你會清醒。》

CHAPTER 12 友情MEN'S 03

沙田威爾斯親王醫院，醫護人員休息室內。

「你還沒找到那個梅林菲嗎？」一個曲髮的女人問。

「還沒。」一個著上醫護人員制服的男人說。

「去你的，你不是在醫院工作的嗎？怎麼還未找到他的資料？」另一個魁梧的男人問。

「在醫院工作跟找到他是兩碼子的事！」男人有點生氣。

「也對啊，就給他多一點時間吧！」一個束著孖辮的女生說。

「其實我們像現在這樣不是很不錯嗎？可以足不出戶卻四處去，哈！」一個中年的男人說。

此時，畫面突然轉到了西貢一間舊式士多之中。

「健，下一步我們要怎樣做？」穿醫護人員制服的男人問。

他們五個人一起看著一個著上牛仔褸的男人，他的衣著有點像西部牛仔，他跟范媛語一樣，擁有那本「Soul Qualification Program」的簿子。持有此書的人，是六人的「領袖」。

他們是誰？

不難猜到，他們跟阿威一眾人一樣，也是「靈魂鑑定計劃」的參加者。

他們是第一組的六個人。

「我在想我在想我在想……」叫健的男人從坐著的雪櫃跳下來，走到中央的位置：「其實我們現在有這樣的特殊能力，為什麼要去找那個白痴醫生？我們不是可以去幹一番大事嗎？」

「你指的『大事』是什麼？」曲髮女人問。

然後，畫面轉移到一架七人車之內，阿鍵正駕駛著車，其他人就在車內。

而他們的目的地是……港澳碼頭。

然後是……澳門。

在車上的六人，一起笑了。

××××××××××

一星期後。

阿威在女人街旁邊的泰國餐廳吃午飯，餐廳的電視正播放著一宗新聞。

「今晨九時，一名五十四歲劉姓商人，倒斃於西半山住宅單位之內，警方來到案發現場調查，全裸商人的性器官被割下，而致命原因是他頸上的刀傷，初步估計事主被割喉放血而死，暫時警方列為謀殺案件處理……」

「媽的，下手的人真狠！」阿威說：「難道有什麼十冤九仇嗎？竟然可以這樣殺死一個人！」

「可能就只是爭洗手間吧，哈哈！」餐廳的職員跟阿威一起看著新聞：「現在的人都是瘋的，什麼殺人動機根本就不需要，而且這種住半山的商人，應該害死了不少人，好人有限吧！」

「嘿，看來你也想殺了你的老闆。」

「如果可以，我何止割下他的性器官，我還要挖出他雙眼，把性器官一起塞入他的口中！」

員工看看門口：「一講曹操，曹操就到！他回來了，我回去工作！」

阿威苦笑點頭。

大家都是打工仔，又怎會不明白他想「殺死老闆」的感受呢？

餐廳員工離開後，阿威繼續看著電視，記者正訪問發現屍體的人，他是商人家中的園藝工人。

「我當時真的覺得很可怕，看到很多血，我立即報警！」

阿威沒有留意他的說話，他反而覺得這個男人好像在哪裡見過……

「阿威！」

有人坐到卡位的前面，他是馬子明。

「找我有事？」阿威用手托著頭，不讓其他人看到他跟空氣說話。

「對，我想你幫我！」

「出現了什麼問題？」

「是……是……」馬子明欲言又止：「是愛情問題！」

愛情問題？

《只不過是有人狠心放棄你，你為何要狠心放棄你自己？》

CHAPTER 12 友情 MEN'S 04

一直以來，馬子明都是一個宅男，他不懂得跟其他人溝通，尤其是女生，他最好的女性朋友，就只得媛語，當然，他們根本沒可能有任何發展。

其實，現在他擁有了五個好朋友，已經是他人生中一次過認識最多朋友的時期。

他比其他人，更慶幸參加了這次「靈魂鑑定計劃」。

這晚放工，子明跟阿威一起在街上走著。

「為什麼要找我？你不找高展雄？」阿威問。

「不，展雄那一種追女仔方法不適合我的，你比較宅，跟我差不多，所以……」子明說。

「什麼？！」

「我……我意思是你跟我會比較接近，不是說你有問題！」他連忙解釋：「我只是……」

「明白了，不用多說。」阿威大聲地叫停了他的說話。

街上的行人用一個奇怪的目光看著阿威，他立即拿出手機扮作聊天。

「還是不習慣，唉。」阿威嘆氣：「好吧，你要我怎樣幫你？」

「其實我跟一位網友已經認識了九個多月……」

畫面來到了子明的家，家中非常混亂，四處都是吃完的杯麵、薯片袋，甚至是爛了的水果，他除了在電腦公司上班，就是窩在家上網玩電腦。

阿威看著他在ICQ上跟一個叫雯雯的女生聊天。

「雯雯與明明，製造了一個『雯明世界』！」阿威讀著他們的對話記錄：「嘿，黐線，超肉麻！」

「你別要跟他們說！我只給你看！」子明緊張地看著他。

「知道了知道了。」阿威看了一看PROFILE：「你們聊了十個月也沒見過大家的相片？」

「這就是問題所在了。」子明表情非常失望：「我們決定了相識一周年那天，約出來見面。」

「在哪天？」

「2月8日。」

「那就快了！」

「對！所以……」

「得！我明！我跟媛語與月瞳都是在網上認識的，這方面我可以說是高手！」阿威自信滿滿：「現在你先讓我看看你們的聊天記錄，可以嗎？」

「沒問題！我就拜託你了！」子明說。

阿威一面坐上旺角回大埔的通宵小巴，一面在子明的家看著他跟雯雯的聊天記錄，他愈看眉頭愈皺得緊。

「什麼？你說自己像……陳冠希？！」阿威看著螢光幕說。

「是……是……我說自己有一點點像陳冠希。」

阿威用一個「Are you kidding me?」的眼神看著他，然後繼續看著聊天記錄。

「你說自己在大學讀電腦科學與電子工程，而且得到獎學金本來可以去外國進修，不過，你喜歡香港，所以決定留在香港發展。」阿威讀著：「而且，曾經有一個外國的女朋友，不過因為異地戀，最後也無疾而終。這個女友是誰？」

「Sandra Bullock。」

「什麼？拍《生死時速》的Sandra Bullock？！」

阿威瞪大了眼睛看著他，子明怎可能跟Sandra Bullock一起過？這全是他的幻想與謊言。

「其實是假的……」子明低下了頭。

「我明白了，不用多說。」阿威說。

有那個年輕人沒想過跟明星拍拖？阿威深深明白子明。

「雖然……雖然我沒讀過大學，不過我的電腦知識絕對比那些大學生更多！」子明激動地說：「為什麼一定要有學位才可以說是成功人士？為什麼我自己努力去學電腦卻被叫作沒用的人！廢柴！？」

阿威想拍拍他，可惜，他們卻是身處不同的地方。

他又怎會不明白子明的想法呢？

阿威自己也是一個沒有高學歷的人，在香港這個社會生活總是被人看低一線，其實，喜歡文字、不怕寫字的他，還是可以擁有自己的抱負，不是嗎？

「阿威……」

「不用說了！」阿威用堅定的眼神看著他：「雖然你的對話內容跟本人真的有一點點出入，不過，我決定了幫助你！我跟你一起去見這個未見過面卻深愛的女生吧！」

「真的嗎？！」

「一言既出，駟馬難追！」阿威大聲地說。

在小巴內睡覺的乘客，都被他弄醒了。

「SORRY-SORRY！」阿威連忙道歉，然後輕聲說：「我一定會幫你！」

阿威面對著自己喜歡的人會缺乏自信，但他幫助好友追女仔卻很有把握，他願意幫助子明。

或者，不只是阿威，每個人都會因喜歡的人而……
缺乏自信。

《朋友就算是俗子凡夫，重要是懂你背著的苦。》

CHAPTER 12 友情MEN'S 05

2001年2月8日。

今天是馬子明的大日子，他著上最愛的吊帶褲，格仔恤衫，去見一個已經認識了一年卻還未見過面的女生。

本來，他可以著上更潮流的衣著，不過阿威跟他說「要做自己」，所以他決定了著上自己最愛的衣服。

「你只是一個大話掩飾著另一個大話，我的想法是，你做回一個最真實的自己，真實的面對她，你不需要半句的謊言。」

子明想起了阿威的說話。

的確，再欺騙下去也是無補於事，還會帶來反效果，所以他決定了做一個……最真實的自己。

……

…

.

觀塘裕民坊麥當勞。

子明正在等待著他深愛的雯雯。

「雯明世界」之內的雯雯。

「我……我……好……驚……」子明牙齒也在震。

「別怕，有我在！」阿威的殘像已經坐在他的身邊：「我更怕她其實樣子長得像鄭中基！」

「無論她的是什麼樣子我也不介意！」子明說：「而且鄭中基……鄭中基是男人！」

這就是所謂的真愛嗎？

還是一個沒有拍過拖的人，給自己的一個藉口呢？

阿威心想。

大約過了十五分鐘，她終於出現！

他們一早已經說好了自己今天著的服裝，吊帶褲、格仔恤衫，雯雯一眼就認出了子明。周麗雯的樣子非常甜美，完全不似鄭中基，更是一個可愛版的梁詠琪！

「你是……子明？」她問。

「對……對……你是雯雯？」

「對啊！對不起我遲到了！」

「沒……沒關係沒關係！」子明就像傻瓜一樣笑著。

「嘩~是美女啊！我還以為是鄭中基！」阿威在一旁說。

「別要亂說！」子明跟他說。

「你說什麼？」雯雯看著子明自言自語覺得奇怪。

「沒事沒事！」

「嘻，為什麼你說話都要說兩次的？」雯雯打趣地問。

「等我來吧。」阿威說。

「因為第一眼見到妳這麼漂亮，有點緊張吧。」阿威已經潛入了子明的大腦。

「你真會哄人呢？嘻！」

阿威繼續代子明聊天，他們有說有笑，氣氛相當好，雯雯完全沒有介意子明的樣貌，子明非常快樂。

「最近我的手機好像又壞了……」雯雯說。

子明拿過她的手機看：「啊？連開機也不行嗎？」

「對啊，上次你送我的手機我又不小心掉了……」她可憐地說：「你知道我需要兩台手機跟家人聯絡吧？」

「沒問題，我再送一台給妳！」子明高興地說。

這句說話，不是阿威說的，而是子明。阿威在一旁托著頭看著他，是一個鄙視的眼神，子明也留意到了。

「別……別說這些了，哈哈！不如……不如我們去看電影，如何？」子明說。

「好啊！今天有套Mel Gibson主演的《偷聽女人心》上映！」

「就……就看這一套吧！」

子明已經想到在看電影時，拖著她的手那個愉快畫面，這將會是他一生中最大膽的一次！

他們離開了麥當勞，走到觀塘裕民坊的遊戲機中心樓下，此時，雯雯另一台手機響起。

「你等我一下。」她轉身接聽電話。

大約過了三十秒，她驚慌地四處看著。

「發……發生什麼事？」子明問。

雯雯轉身，用一個厭惡的眼神看著他：「其實在我見到你的一刻，一直都覺得你很討厭！」

「什……什麼？」子明的眼睛也快要掉下來。

「你說自己像陳冠希？當我第一眼看到你的時候，我真的想吐！什麼大學生？你根本就沒讀過大學，對吧？我一早已經知道了！」她的態度180度改變：「還有啊！你今天著得這樣老套，我連站在你身邊也覺得失禮！」

「雯雯……我……」

子明不知道給她什麼反應，他想拉著她的手，雯雯立即縮開，然後給他一個巴掌！

「別碰我！我們以後別再聯絡！」

她說完話轉身就走，只留下一個還未知發生什麼事的子明，他用手摸著臉上的掌印，他……快要哭出來。

在他身旁沒有說話的阿威，一直看著他。

畫面一轉，來到了阿威的家中，他利用了「靈魂封鎖」，沒有人可以進入他的大腦，只有他一個人。

他看著手機，剛才打出了一個電話。

打出的聯絡人是……

周麗雯。

《無論話題有多新鮮，不喜歡你才是重點。》

CHAPTER 12 友情MEN'S 06

「為什麼……為什麼會這樣？」子明坐在大街的地上。

他所想像的什麼拖手畫面，已經永遠也不會出現。

一對戀人一起看電影、一起吃雪糕、一起行沙漠、一起做應該做的事……

一切一切都已經變成了泡影！

「子明……」阿威跟他一起坐在地上。

「阿威，剛才……剛才我們不是表現得很好嗎？為什麼會變成這樣……」他的男兒淚終於流下。

一個男人坐在大街大巷中痛哭，而且還在自言自語，街上的行人紛紛躲開子明，當他是瘋子，根本沒有人會明白，他在一分鐘之前，失去了一段維繫了一年的關係。

「起來吧，男人就是可以拿得起，放得下。」阿威安慰他：「我們還年輕，還有很多機會呢。」

「沒有了！已經沒有了！『雯明世界』崩潰了……永遠崩潰了！」

看到子明這樣，阿威有點替他心痛，他很想拍拍他的肩膀鼓勵子明，可惜，他根本不在現場。

畫面轉到阿威的家中。

他放下了手機，刪除了跟周麗雯的通話記錄。

他知道，自己必須要這樣做。

為了子明不再被騙下去，必須要這樣做。

那個讓周麗雯180度改變態度的電話，是……

阿威打出的。

因為一件十天前發生的事……

……

…

.

十天前。

香港灣仔道哈迪斯快餐店。

阿威與月瞳相約在此。

「我要妳幫我調查的事，查到了嗎？」阿威問。

「那個周麗雯嗎？已經確認了，跟你所說的一樣，她有很多男朋友！」月瞳說。

當天，阿威看了子明跟周麗雯的對話，本來也沒什麼特別，不過，當阿威問到一些送禮物的事時，子明支吾以對，很明顯，雯雯吩咐子明別跟要跟其他人說出來，而且，在ICQ的對話中，沒有多提送相機、送手機、送手袋等等東西的事情，很明顯，她不想用文字作為記錄，雯雯想要禮物時，應該是打電話跟子明說的。

這個女生……不是這麼簡單。

然後，阿威問了子明那個女生所讀的學校，正好跟月瞳念同一間學校，所以阿威拜託了月瞳調查這個女生。

「她在學校是有名的交際花，聽說她經常在網上騙人買東買西，上星期才帶了最新款的手袋回學校啊！」月瞳說。

「唉……她……漂亮嗎？像不像鄭中基？」阿威問。

「鄭中基是男的！怎會像鄭中基？她的確蠻漂亮的，你怎樣了，想認識人家嗎？」

「不是……」阿威搖搖頭：「漂亮就麻煩了，男人都敵不過誘惑。」

「你說你自己？」月瞳揶揄他。

阿威沒有理會她，他正在想另一件事。

「究竟發生了什麼事？」

「沒事，這是男人之間的秘密。」阿威認真地說：「你們學校有沒有攝影學會？」

「有，為什麼突然又這樣問？」

……

…

.

一星期後。

阿威請了兩天假，在學校等待周麗雯的出現。

大約等了一小時，他的目標終於出現！

「周麗雯！」阿威叫著她的名字。

「請問你是？」

「一個保護我朋友的人！」

《其實你是要愛？還是要贏？有時愛一個人，可能會是輸的。》

CHAPTER 12 友情MEN'S 07

他們來到了附近一間茶餐廳坐下來。

然後，阿威拿出了邀請攝影學會的人偷拍的相片，當然，他有給他們錢，為了朋友，他把緊餘的零用錢都給他們了。相片都是周麗雯跟其他男人一起的畫面，阿威說出了自己所知的事，而且提出了別再欺騙一個深愛著她的男人感情。

「你說那個馬子明？噁心死了，什麼『雯明世界』，正白痴！」周麗雯吐出了煙圈：「你說我欺騙他？他不也在欺騙我嗎？說自己像陳冠希，白痴才會相信！」

「收手吧，他是真心喜歡妳的，別再在他的身上拿著數了。」阿威認真地說。

「啊？看來他不知道你來找我呢？我為什麼要收手？這個白痴我說什麼他都送給我，我才不會斷自己的米路呢？呵！」

「妳騙別個吧，就放過他。」阿威再次提出他的要求。

然後，他說出了知道雯雯正在釣一個很有錢的富二代，如果他把這些相片給那個富二代看，她就沒了一路大財路。

周麗雯當然明白，跟子明比較，還是那個富二代重要吧，她沒有說話。

「三天後，你跟他見面，我想你……狠、狠、地、拒、絕、他！」

……

…

.

觀塘裕民坊。

子明已經坐在公園內的長椅三個小時以上，他需要更多時間去接受這次人生的大挫折。

阿威一直也在陪著他。

最初，阿威以為周麗雯會依照他的說話，狠狠拒絕子明，沒想到這個女的貪得無厭，她根本不想斷了子明這條財路，還想再騙一台新的電話，所以阿威決定了打電話給她，說一直在監視她，知道她的所作所為，還威脅周麗雯說相片已經快送到那個富二代的手中。

周麗雯聽到電話後四處看，就是想找出監視她的阿威，她怎樣也不會想到，其實，阿威一直也在子明的身邊。

「對不起。」阿威說。

「不關你的事，剛才你代我交談時表現得很好。」子明低下頭說。

阿威其實不是說這方面，他是在說自己在子明背後所做的事。

「總之是對不起吧。」

「阿威。」子明看著他：「其實我真的這樣差嗎？為什麼總是交不到女朋友？」

「沒這回事，我不是說過了嗎？未來還有很多機會呢。」阿威鼓勵他。

「也許沒有了。」子明看著下象棋的伯伯：「我放棄愛情了，不再亂去想什麼戀愛了。」

阿威沒有說話，因為他知道，對著一個剛失戀的人，說什麼也沒有用，不過，他非常明白子明的心情，他們都是沒什麼成就與身份的普通人，無論戀愛與事業都要比別人努力很多很多倍，才可以得到想要的成果。

「值得擁有更好，才會讓你失去。」阿威突然說。

「謝謝你，還好有你這個朋友。」子明說：「如果可以，你不需要鼓勵我了，希望你可以代我鼓勵更多人。」

「好，我答應你！如果未來我有成就，就每天都寫一些金句去鼓勵其他人！」阿威笑說。

「別要忘記你今天所說的！」

「當然！」阿威搭著他的肩膀：「來吧！我們去吃點東西吧！附近有間牛雜麵超好吃的！我請客！」

為什麼阿威可以搭著子明的肩膀？

只因，他不是子明大腦內的「靈魂殘像」，而是真正來了觀塘找他，陪伴他。

「友情」這個兩個字最重要是什麼？

就是另外的兩個字……

「陪伴」。

《我們從來沒試過出生入死，但我們曾經一起醉生夢死。》

CHAPTER 13
組系
CLIQUE

CHAPTER 13 組系 CLIQUE 01

上水貨櫃場。

兩個男人正在聊天。

「你們要殺的都死了，醫生那邊說可以開始新的計劃。」一個中年大叔說。

「嗯。」另一個目無表情的男人回答。

此時，電視上出現了一單兇殺案的新聞，加多利山張姓富商被人割下整個頭顱倒斃於自己的住所之內，警方對最近接二連三的富商被殺，已經成立了一個跨區專案小組著手調查。

「看來你們的默契也不錯，殺了這麼多人還沒有被發現，依然逍遙法外。」男人高興地說。

畫面轉到了那個張姓富商的豪宅之內，警方正在忙著處理兇案現場，剛才說話的男人正在看著所有的過程。

為什麼他可以來到兇案現場？

沒錯，因為他們就是第三組「靈魂鑑定計劃」的參加者，而他們六人當中的其中一位，就是調查這單案件，警方的高級警員。

他看著被白布掩蓋著的屍體。

不只這個男人，連同在上水貨櫃場內三個男人，一同看著那具屍體。

「杜SIR，沒有套到指模，兇手應該有備而來的，早已作好準備。」其中一個警員跟他匯報。

「嗯，派一隊人到附近的鄰居查問一下，看看有什麼其他的線索。」

「YES SIR！」

「杜SIR啊！杜SIR啊！又有誰會猜到你也是其中一個幕後黑手呢？」中年大叔在他身邊笑說。

杜SIR看了他一眼，他非常清楚，在兇案現場不能跟他對話。

畫面再次回到了上水貨櫃場。

「新的計劃是什麼？」杜SIR問。

「不再殺普通的人，而是改為殺……」中年大叔笑說：「跟我們一起參加計劃的另外兩組人！」

「樂意。」目無表情的男人吐出了兩個字。

杜SIR坐了下來：「要殺仇人以外的人嗎？我有保留。」

此時，突然出現了第四個、第五個人，她們是一對孖生姊妹。

「阿杜你就別要這麼死板吧，都殺了幾個人了。」金長髮的女人說。

「對啊！這樣才更好玩呢？」短髮的妹妹說：「呵！不過如果要投票，你也沒有話事權，殺人的事，一定是大比數獲得通過！」

「等比特仔回來再說吧。」杜SIR說：「那個小子去了呢？」

「那個由朝睡到晚的小肥豬？現在還未起來，沒法跟他聯絡。」中年大叔說。

「總之等齊人我們再決定。」杜SIR說。

畫面再次出現變化，來到了香港山頂最高地點普樂道一所豪宅之內，一個胖胖的男生，睡眼惺忪看著維多利亞港的海景。

「啊～」他打了一個呵欠，然後看著床邊的鬧鐘：「又睡過頭了。」

在鬧鐘旁邊，放著一本簿子……「Soul Qualification Program」。

他睡醒的第一件事，就是看看股票市場的變動，今天，他又賺了上千萬。

肥男生沒有理會電視，他掉走了遙控器，第二件事，他就是打開電腦，跟網上新認識的女生聊天。

他今年只有十九歲，承繼了父親的大筆遺產，別人都說他不務正業，只懂得玩電腦，其實，他卻是一個電腦奇才，在世界上沒有虛擬貨幣之時，他已經想到了未來將需要這一種貨幣。

他看著電郵，是一個外國組織發給他的通知書。

「我們對你的比特幣(Bitcoin)概念很有興趣，也許這將會是世界性認同的虛擬貨幣，下星期我們會派人來跟你詳談。」

肥男生笑了。

這個叫鄺比特的男生，笑了。

《有一種感覺很可怕……輸不起又放不低。》

CHAPTER 13 組系 CLIQUE 02

2001年6月。

旺角銀龍茶餐廳。

「投票決定！」媛語大聲說：「贊成的舉手！」

她自己先舉手，然後另外四人一起舉手，只有阿威無奈地看著他們。

「這公平嗎？」阿威說：「你們每一個都比我有錢，為什麼這餐又是我請？」

「沒辦法了，我們六人可以說是六神合體，你沒法一個人作出決定！」阿坤扮作正經。

「好吧好吧，這個月最後一次了，不然我月尾又要吃杯麵。」

全枱人作出了熱烈的歡呼！

茶餐廳內其他人也看著他們。

「噓，別要這樣大聲，不然其他人又當我們是瘋子！」月瞳偷笑。

他們幾個人也一起暗笑了。

已經過了半年，他們比最初認識時更加合拍，奇怪地，明明就是六個完全不同性格的人，卻慢慢地開始融洽起來，或者，這就是「靈魂鑑定計劃」的副作用，他們也曾有一刻想……

「如果一直這樣也不錯」。

他們在大家有需要的時候，都會作出幫助，比如電腦方面，子明會幫助大家解決難題、媛語去考車牌，展雄也幫了她不少、子明去見某大電腦公司的職位，去過無數次面試的阿威絕對可以幫到他、月瞳最差的科目，正好媛語可以幫她去考試、展雄有次跟別人吵起上來，對手出手攻擊，阿坤二話不說，立即為他出頭。

他們六人都在互補長短，當然，難免會有吵架的時候，不過，因為他們都知道「自己的靈魂都不只屬於一個人」，而且，其他人總會走出來調停，吵架的事很快就會平息。

最重要的是，他們可以走入對方的世界，然後靜靜地跟對方說一句……「對不起」。

世界上有太多的誤會，都是因為沒法跟對方表達出歉意，最後變成了「你不找我、我不找你」，最終結束了關係。

他們並沒有這樣的情況出現。

在這半年時間內，他們一直也有去找梅林菲醫生，可惜依然是音訊全無。

而阿威認識的日本人二宮京太郎雖然已經回到日本，不過他依然一直有跟阿威聯絡，二宮當然也有幫助阿威調查，當他知道事情的全部時，二宮決定了把專訪押後，因為他同樣知道……

這事情絕不簡單。

如果不慎向大眾公佈了，他們六個人將會受到怎樣的對待根本不會有人知。會被捉去做實驗？被國家禁錮？會遇上更糟糕的事？所以二宮提醒阿威，除了他以外，別要再跟其他人說出他們的事，而阿威亦跟其他五人分享了二宮的忠告，他們都一致通過……

「不向別人說出秘密」的協議。

同時，互相提醒。

而「靈魂鑑定」的規則，他們不可以說是完全地掌握，不過大致也了解，比如特殊的「喝醉」情況，身體會影響靈魂，「本體」的靈魂如果醉倒，「潛入者」沒法離開，同時就算「潛入者」的靈魂酒量比「本體」靈魂更好，也會受到身體的影響，會比較易醉。相反，如果「潛入者」的靈魂醉了，「潛入者」如回到自己的身體，會同樣出現酒醉的情況。

另外，女人的生理痛，男性「潛入者」進入了女性的身體，也會同樣感受到痛楚，當然，男性「潛入者」本身的身體不會流血，不過會感覺到女性的痛楚。所以，阿威等四個男性的「靈魂分身」，絕對不會在女性「潛入者」正值生理期時「潛入」，因為他們在早幾個月，已經嘗試過女生每月一次的痛苦與麻煩。

還有更多的細則，他們都已經了解，大家也盡力去適應，這樣才可以一起生活下去，甚至是……

「生存下來」。

晚餐過後已經是凌晨時分，展雄沒有駕車，所以他們六人各自回家。就算媛語與月瞳是女生，根本就不用陪送回家，因為其他男性的「真實殘像」，都可以陪著她們回家。

當然，阿威跟媛語都住在大埔，他們可以真實地一起坐通宵小巴回去，回到大埔後，他們才各自回家。

就在媛語回家的一段沒人的小路上。

「阿威。」她輕聲說。

「怎樣了？」

「我覺得……好像有人跟蹤我！」

阿威皺起眉頭，他本來已經拿出鎖匙準備開門，卻……停了下來。

畫面來到了小路上，阿威已經在媛語的身邊。

「別怕，我陪妳走。」

《總有一天，你連他的近況，都懶得看。》

媛語快步走過了小路，來到了一條窄巷。

「妳早說要走這麼昏暗的地方，我就送妳回家吧。」阿威說。

「這麼多年都是這樣走，我也沒想到會有人跟蹤我！」媛語說。

「你回頭看一看。」阿威說。

「真的要這樣？」媛語問。

「對，我只能看到你前方的畫面，妳回頭看我可能會看到那個跟蹤妳的人。」

「好……好吧。」

媛語鼓起了勇氣回頭看著窄巷的後方，很快又再次回過頭來。

「怎樣了，有看到其他人嗎？」她問。

「沒有。」阿威說：「其實是不是妳自己嚇自己？」

「怎會？我剛才真的感覺到有人在跟隨我！」她反駁。

「好吧好吧，總之妳走快一點，我陪著妳。」

他們離開了窄巷，來到了停車場，只要穿過這個停車場，很快到達媛語所住的大廈。

「認識妳這麼久，也不知原來妳是住這邊，我只知道妳住大埔，嘿。」阿威希望可以緩和緊張的氣氛：「妳還記得我們第一次見面嗎？」

「當然記得，大埔廣場的天橋上層吧！」媛語說：「不過，我已經忘記了我們是怎樣再沒有聯絡了。」

「我也是。」阿威說：「我當時還以為妳見到我的樣子之後，就不聯絡了。」

「怎會呢？我記得好像也有跟你繼續在電話聊天，我還把你的電話輸入了快捷鍵之中。」媛語笑說。

「果然！連我電話號碼都不記起來，我們真的不算朋友了。」阿威奸笑。

「子明家的海味店的電話我也有輸入啊！才不是不記你的號碼，只是輸入快捷鍵比較方便而已！」嫒語反駁。

突然！

在嫒語的左面，一個身影飛撲向她！

「小心！」可以見到更多範圍的阿威大叫。

可惜，他不在嫒語的身邊，他沒法阻止那個黑影！

嫒語被推倒在地上！

她看著那個黑影，是一個捲髮的女人！

「妳……妳是誰？！為什麼要把我推倒？」

「殺了妳……我要殺了妳！」

她頭髮凌亂，像一個瘋子一樣！

在她的手上，拿著一把鋒利的小刀！

「別……別要過來！」嫒語向後退。

「不會太痛的，就一刀！一刀割在喉嚨就沒事了！」

曲髮女人速度奇快，小刀已經向著媛語的喉嚨刺去！

「住手！」

就在一髮千鈞之間，另一個比她更快的男人，快腳將女人手上的短刀踢飛！

他是阿威！

不是「靈魂殘像」，是真實的出現了！

阿威其實一直用「殘像」跟媛語溝通，同時，他的「本體」沒有回家，他快步跟上了媛語！

「黐線婆！妳想做什麼！」阿威扶起了媛語，向著女人大叫。

「殺了你們！我要殺了你們！」

女人手上已經沒有武器，不過她依然走向他們二人，阿威與媛語只能後退！

「別再走過來，不然……」阿威說。

「加麗！別要這樣！」

在停車場的不遠處，傳來了另一把男人的聲音！

他們三人同時看著紅色車後的方向，一個男人奔向那個叫加麗的女人。

他著上牛仔褸，像西部牛仔的男人，把女人擁抱在懷內，事出突然，阿威他們只能呆呆地看著他們。

「阿健……阿健……我要殺了他們！殺了他們！」女人瘋了一樣說。

「別這樣，他們不是我們要殺的人，別這樣。」然後男人看著沒有人的左面說：「還好，趕到過來！」

他在向著空氣自然自語。

同一時間，阿威與媛語那邊，其他四個「靈魂分身」出現。

「我剛才洗澡，現在才發現你們出事了！」月瞳說。

「阿威、媛語，發生了什麼事？」展雄問。

「這……這兩個人是誰？」子明指著前方。

「媽的！他們想撩交打嗎？」阿坤看著地上的小刀。

不，在現場不只他們六個人，而是……

另一邊，除了曲髮的女人加麗與牛仔褸阿健以外，他們組系的四個人也在他們身邊！

他們只可以看到對方是兩個人，但其實在停車場中，出現了……

十|、二|、個|、人|！

「你好，我叫阿健，是『靈魂鑑定計劃』……第一組系的人！」

他們兩組人……

終於遇上了！

《有些人是，做朋友吧，一直陪在身邊。有些人是，徹底放棄，寧願不做朋友。》

CHAPTER 13

組系CLIQUE 04

在停車場的廣角圓凸鏡之中，只看到四個人在對望著，其實，在場是有十二個人在對峙！

十二個靈魂在對峙著！

「等等，為什麼……為什麼你們會在這裡出現？而且想傷害我們的人？」阿威瞪大了眼睛說。

「對不起，因為就連她也沒法控制自己！」阿健說。

「別相信他！」展雄走到阿健的身邊：「這個人很古怪。」

當然，只有阿威他們六人可以聽到展雄的說話。

「她剛才說想殺我！」媛語指著那個叫加麗的女人。

「加麗被其他人入侵了！所以變得瘋瘋癲癲！」阿健解釋。

阿威看到阿健留意著左方，好像有人在跟他說話一樣，同樣地，阿威組系的人，沒法看見。

「入侵？問他發生了什麼事？」月瞳說。

「在她身上，發生了什麼事？」阿威接著說。

「是第三組系的人，他們要對付我們！」阿健說：「加麗就是因為被他們入侵了，所以變成現在這樣。」

「什麼？」媛語問：「第三組系的人要你們來攻擊我？」

「我也不清楚為什麼被入侵之後，加麗會知道妳的位置，但我可以肯定，除了我們第一組系的人，你們第二組系的人也是他們的目標！」

「愈說愈古怪了！」展雄在阿威身邊說：「是他們來襲擊媛語，卻說成是被其他人所控制，把責任推給第三組系的人！」

「我知道你身邊還有其他靈魂在場，不過，我想說，如果我是你們的敵人才不會出來阻止加麗的攻擊，也可以加入襲擊你們！」阿健理直氣壯地說：「本來我也想找你們組聊聊，可惜我沒法找到你們，現在正好將錯就錯，一起談談我們合作的事吧。」

「合作？他們出手攻擊我們的人，說什麼合作？阿威別跟他聊！」月瞳走到媛語的身邊。

阿威沒有聽她的話，反而走上前，認真地看著阿健：「我想知道，你所說的『入侵』是什麼意思？她是怎麼被入侵的？」

「阿威，別靠近他，這個人信不過！」月瞳在他身後大叫。

「別吵！這是交換情報的最好方法！」阿威向著後方大聲說。

停車場內，就只有他一個人的聲音。

「我不想讓你們組的人內訌，我先說對不起，因為加麗沒法控制自己才會做出剛才的行為。」阿健拍拍躲在他懷內的女人：「我可以先安排她上我車以後，我們再詳談嗎？」

阿威看著他身邊的同伴。

「放心，如果他有什麼動作，我會代你教訓他！」阿坤首先表態。

其他人也沒有異議，阿威看著月瞳。

「我明白了！不過你要小心！」月瞳妥協。

「我們暫時什麼也未清楚，絕對談不上什麼合作，你要先把所知的事告訴我，才可以再談下去。」阿威認真地說，然後看一看瘋瘋癲癲的女人：「而且，只可以有我跟你兩個人，其他人只能用『靈魂殘像』旁聽。」

「阿威……」媛語叫著他的名字。

「我先送妳回家，我一個人跟他溝通。」阿威在她的耳邊說：「你們的靈魂都在，我不會有事的。」

媛語點頭。

「沒問題，我先把加麗送上車，然後到附近的通宵茶餐廳再聊。」

「嗯。」

……

…

.

十五分鐘後，他們兩個人來到了大埔二十四小時營業的華立茶餐廳。

旁人只能看到他們兩個人，其實，在他們身邊卻圍著九個人！

「加麗應該是中了一種我們稱為『靈魂病毒』的病菌。」

阿健開始說。

《很喜歡就堅持，想開始就嘗試，這兩句說話，只適合那個人要對你有一點意思。》

CHAPTER 13 組系 CLIQUE 05

「靈魂病毒？這是什麼？」阿威問。

阿健開始解釋。

阿健他們跟阿威幾個有同樣的經歷，在2000年12月21日再次取回記憶，然後六個人的靈魂就開始連在一起，他們一直利用自己的能力賺了很多錢，不過，就在上個月，其中一個叫加麗的女生突然失去聯絡，本來，他們也覺得她只是利用了「靈魂封鎖」不讓其他人找到，卻沒想到她在一星期後回來，卻變成了另一個人。

「最初，加麗還比較清醒，但慢慢地變得像現在一樣瘋瘋癲癲。」阿健說：「她在清醒的時候曾經跟我們說過，遇上了第三組系的人，他們在加麗的大腦中加入了『靈魂病毒』，讓她被第三組系的靈魂入侵了大腦，在她的潛意識中有一個指令，就是殺死同樣參加『靈魂鑑定計劃』的參加者。」

「這樣說，她也有對付你們的人？」阿威問。

「沒有，她的指令是……殺死其他組系的人。」阿健說。

除了阿威，在他身後的五個人也瞪大了眼睛看著阿健。

「我先提醒你們，我們組系的人出現了這個情況，代表了你們也有可能會被第三組系的人入侵。」阿健說：「當然，我也不知道入侵的方法，就好像電腦病毒一樣，進入了電腦出現了問題一樣，所以我們才稱它為『靈魂病毒』。」

「為什麼第三組系的人要這樣做？」阿威問。

「天曉得，我還以為你們會知道，看來你們比我們知道的更少。」阿健嘆了口氣：「老實說，我也怕跟你會面有危險，不過，因為我們沒任何方法去解決加麗大腦的問題，才想找你們聊聊。」

阿威在思考著他的說話，然後在電話中發SMS給其他人。

在他身後的五個人的手機同時響起。

「現在有兩個問題，一、不知道他有沒有說謊，二、他知道我們的位置。」阿威的訊息內容。

「問他吧！」阿坤大聲地說。

「其實問他也沒用，如果他在說謊，任何答案也不可信。」展雄說。

「我知道你正跟自己組系的人聊著。」健看著阿威身後的空氣：「因為加麗作出攻擊的行為，你們沒法立即相信我們，不過，我們真的沒有惡意，希望你們能明白。而我所說的合作，不需要你們做什麼，我只想我們兩組系的人可以互相聯絡，繼續交換情報，如有什麼危險可以互相照應，就是這樣而已。如果你不介意，除了我跟你，我們也可以交換其他組系的人的身份與背景。」

「這個不可能。」阿威說：「我們不能讓你知道其他人的資料。」

「我明白的，我只是想讓我們的合作信任度更加穩固，才會這樣說。」阿健說：「既然不想，我們也不會強迫你們。」

「老實說，我們不會完全相信你，更談不上什麼合作。」阿威嚴肅地說：「但在不干涉組系的人情況之下，我們還是可以聯絡，另外，我想知道你們有沒有找到那個梅林菲醫生？」

「我明白。」阿健說：「我們也找了很久有關這個男人的資料，可惜完全沒有頭緒，也許你們也一樣吧？」

阿威點頭。

「另一件可能你不知道的事，我們有聯絡過那年UA戲院的主管，不過，原來他在我們1999年11月19日進入戲院的第二天，那個主管就因為交通意外去世了，不只是他，當天有上班的戲院員工都在同一架車上。」

阿威愕然，沒想到他們調查得比自己更詳細：「這樣說……」

「沒錯，就只有梅林菲一夥人與在戲院內參加測試人員，沒其他人知道我們的事了。」

那次交通意外，真的是「意外」？

還是梅林菲的計劃的一部分？

《你習慣……次次真心，滿滿傷痕。》

CHAPTER 13 組系 CLIQUE 06

第二天早上。

他們六人在討論昨天發生的事，還有未來的部署。

跟第一組系的阿健見面後，阿威他們知道了還有其他的「靈魂組系」存在於世界上，有三組人，而梅林菲醫生也有一組，這樣說，至少有四個組系。

阿威他們的想法分成了兩邊，阿威、子明、阿坤較為相信阿健的說話，而媛語、月瞳、展雄卻不認同，他們總是覺得這個男人很古怪，不值得相信。

「就今天開始，大家要小心，如果發現任何可疑的人，要立即通知其他人。」展雄說。

「的確是，如果那個叫加麗的可以找上媛語，這代表了我們身處的地方也許已經被發現。」阿威說。

子明看看左看看右：「我們其實已經被監視嗎？」

「或者你所說的『監視』，不是用眼睛，而是……」阿威指指頭顱：「我們的大腦。」

「媽的，這樣我們不就是避無可避？」阿坤說。

「但……但這大半年時間，我們也沒出現什麼問題呢？」子明說。

「不是沒有，可能只是還未發生吧。」媛語說。

他們靜了下來。

「怎說也好，我覺得暫時別要接觸另一組系的人比較好。」展雄說。

「我贊成！」月瞳舉起手。

阿威沒有回應，他反而想跟他們互相合作，不過，現在有半數人也不贊成這樣做，他也不想讓大家的分歧變得更大。

他們這天的會議結束，大家又回到自己的工作與生活之中。

本來大家也非常享受現在所擁有的能力，不過就因為昨天發生的事，出現了……

不明朗的「隱憂」。

……

…

．

三個月後。

2001年9月18日。

一切回復正常，沒有任何問題出現，他們六人依然過著自己的生活，幾個月前他們所擔心的事，似乎沒有發生。

阿威已經轉到新的鞋店，雖然又是同一條西洋菜街，不過，因為他最近升了職，現在的壓力與責任更大了。

他回到狹窄的後倉稍作休息。

「孤仔！」阿坤出現在他的身邊：「你轉了新店地方反而更細！」

「沒有。」阿威沒有回答他，只是說出兩個字。

他已經知道阿坤到來的目的。

「別要這樣吧！」

「都說沒有了！」

此時，他的兄弟兼同事李基奧從上倉爬了下來。

「哈，還不給我看到你自言自語？」李基奧笑說。

「沒有沒有，我在聊電話！」阿威拿出了手機扮作聊天：「你快出去吧，客人在等你的鞋！」

李基奧離開後，阿威繼續跟阿坤對話。

「為什麼每次都是我？其他人呢？」阿威帶點生氣。

「其他人不行，展雄是有錢，但絕不會借錢給我，子明就不用說了，他買很多電腦用品，根本就沒有多餘的錢！最小的兩個女生還在讀書，我沒理由問他們借吧？哈哈！」

「所以你就來問我借吧！我也很窮啊！」

「每次我都有還，不是嗎？」阿坤合十雙手：「這是最後一次，借給我吧！」

「好吧！好吧！沒有下次了！」

「謝謝！我得閒可以代你做生意，你可以來我的大腦睡覺！最近你也太辛苦了！」阿坤說：「當是報答你借錢給我！」

「也好，就這樣決定吧！」阿威說：「不過，你記得還錢！」

「當然！」

阿坤問阿威借錢，已經有三四次。

其實他們可以像第一組系的人一樣，用「靈魂的能力」去想方法賺錢，不過，就因為大家也協議了不想這樣做，他們希望如常地過著生活。

所以阿坤也沒有辦法，只能問阿威借錢。

就在這次借錢事件之後的一星期，在阿威的鞋店發生了一件大事。

晚上，店鋪已經下了半閘，數個公司的區域經理來到阿威的鞋店。

「是……是他做的！」

阿威指著他的同事兼好兄弟李基奧。

「是他偷了公司的錢！」

《大概，認識我的人，也曾在我的言語之間，聽過你的名字。》

CHAPTER 14 歷史 HISTORY

CHAPTER 14 歷史 HISTORY 01

「雖然我們很熟，不過，我不想包庇你了。」阿威看著李基奧說。

「你……」李基奧完全沒想到最好的兄弟會指證他。

這星期，會計部發現了公司的數跟鞋店的帳目有明顯的出入，經調查過後，疑似是有人虧空公款，所以派人來調查。

店內其他同事，也一起看著李基奧。

「阿威……你……為什麼要這樣做？」李基奧說。

「對不起。」阿威眼神充滿了悲傷。

李基奧沒有任何的反駁，就像默默承認是他做似的。

本來是需要報警，不過，區域經理不想讓事情鬧大，決定了即時解雇了事。

這晚，是兩個兄弟決裂的一個晚上……

兩個本來無話不說的兄弟，變成了無話可說的陌路人……

這一個晚上以後，各自走著不同的路。

……

：

．

那天晚上。

大圍德明搏擊拳館。

兩個男人正在互相攻擊對方，不，正確來說，是其中一個人像沙包一樣被攻擊！

他們是阿威與阿坤！

如果以正式的拳擊比賽，阿威根本不可以打贏孔武有力的阿坤，不過，今晚不同，阿坤完全沒有還手，阿威一拳一拳轟向他的身體！

「為什麼要這樣做！」阿威一手抽著他的衣領：「為什麼要用我的身份去誣衊我的兄弟偷錢！」

阿坤沒有說話，只是吐出了口中的鮮血，阿威繼續攻擊，最重的一拳轟在阿坤的左眼上，他整個人向後倒，排好的椅子都被全部打翻！

阿威乏力地坐在地上，他也累了。

「你知道嗎？他是我最好的兄弟……現在，我做了一個我自己最討厭的人……」阿威搖頭說：「我出賣我的兄弟！」

在這幾個月內，阿坤經常會代阿威上班，而阿威的靈魂會在阿坤身體上睡覺休息，阿威完全沒想到，阿坤利用他的身體，一直在偷公司的錢！直至當晚終於東窗事發，而且阿坤在情急之下，他不想連累阿威，所以誣衊李基奧才是偷錢的人。

用阿威的身體，去告發自己的好兄弟！

「當時我只是情急之下……」

「你知道嗎……」阿威躺在地上：「基奧不哼一句，默默承受，他真的是我好兄弟！但我卻不能把真相告訴他，最痛苦是……我沒法跟他解釋其實是另一個靈魂利用我的身體去偷公司錢再誣衊他！」

這件事完結以後，阿威有打電話給李基奧，可惜，已經找不到他，他也不知道要怎樣說基奧才會原諒自己，最重要是……

「他沒法說出真相」。

阿坤知道自己錯，也沒法反駁。

他們沒有說話，只是在拳館中各自躺著。

良久，阿坤終於說話。

「孤，我知道是我的錯，你沒法原諒我，不過，我想帶你去一個地方。」阿坤抹去嘴角的血水：「因為我不想再騙你了。」

阿威看著他，他第一次見這個粗獷的大男人，雙眼通紅，就像有話說不得的樣子。

他決定跟阿坤去那個地方。

他們來到了大圍一所商業大廈，大廈環境非常差，隨處都可以見到老鼠經過。

舊款的升降機搖搖欲墜，他們來到了十二樓。

「你帶我來這裡做什麼？」阿威終於按捺不住問他。

「我老竇是人渣中的人渣，他出面有女人，我八歲時他掉下我們兩母子，我老母含辛茹苦一手養大我，可惜，她在我十來歲時病死了。」

阿坤說出自己的故事。

《友情最痛苦是，失去一個本來最相信你的人。》

CHAPTER 14 歷史 HISTORY 02

當阿坤長大後，決定要找那個賤男人算帳，不過，他完全沒想到這人渣之中的人渣，後來也拋棄了那個二奶，拿走她的錢然後一走了之。那個二奶有四個小孩，當時，最大的小孩只有四歲，她要一個人養育四個小孩，根本就是一件很吃力的事，阿坤根本沒法去憎恨這樣的一個女人。

「你跟我說這些……」

正當阿威想問下去，阿坤在其中一個單位停下來，他在地氈下拿出鎖匙打開大門。

單位面積看似只有一百呎，卻住了……

「他們就住在這裡。」阿坤說。

「五個人住在這？」

「不，是七個。」阿坤說：「二媽的老竇老母也一起住。」

「什麼？」

一個放下一張碌架床就已經佔了半個單位的地方，卻住了……七個人！

「阿坤？」

此時，一個中年女人從床上爬了起來。

「二媽。」阿坤收起了平時凶神惡煞的表情：「沒什麼，我帶朋友來看看。」

「你好。」她說。

阿威點頭微笑，他看到床上與地上，都有小孩在睡覺，空間嚴重不足。

「上次你給我的錢……」那個女人跟阿坤說。

「不用提了，妳拿去吧，文女的校服都不合身了，還有朱仔的球鞋也穿破了，買對新的給他吧。」阿坤說。

「這樣……」女人帶點不好意思。

「別說了，就這樣吧！」阿坤又變回男子漢的語氣。

他們多聊一會後，阿坤跟阿威來到大廈的後樓梯抽煙。

「我偷來的錢都是給他們。」阿坤吐出了煙圈：「我沒法像我仆街老竇一樣掉下他們不理。」

阿威沒有說話，他知道阿坤還想說下去。

「我是三屆自由搏擊的冠軍！是三屆！可惜，香港政府根本就不重視這種體育項目，來學拳的人愈來愈少，我本來想去賭碰碰運氣，他媽的，又黑到辛苦賺回來的錢都輸光了，最後，只有在你公司偷錢給他們一家人。」阿坤搖搖頭：「上市公司少一點錢不會死吧？但二媽他們一家呢？沒錢他們真的會死！」

阿坤非常激動。

阿威明白阿坤的心情，明明他口中的二媽是破壞他家庭的人，不過，阿坤卻沒有見死不救，他不想像自己父親一樣。

「我帶你來，只是想把真相告訴你，我知道，這不是偷錢的藉口。」阿坤說：「希望你別要跟其他人說，不過我知道，我也沒有權要你這樣做。」

「坤。」阿威從後樓梯鐵欄看著沒有星的天空。

「是？」

「其實，什麼才是公平？」他突然問。

阿坤沒想到他會這樣問題。

「在這個什麼都不缺的香港，有人連正常生活也做不到，卻有些人天天大魚大肉。」阿威的語氣帶點無奈：「總有一天，我一定要寫一本有關賭博的書，然後，在書中提出這個讓都市人反省的問題，書名就叫……《金錢遊戲》吧！」

「什麼？寫書？」

阿威轉身，然後伸出了拳頭，他不是想攻擊阿坤，而是想跟他擊拳。

「你偷的錢不是為了你自己，而是有更大的用處。」阿威微笑：「當然，你偷錢依然是錯，不過，我明白你的苦衷，你的的確確是一個負責任的男子漢，我原諒你了，我跟基奧的事，我再自己想想辦法吧。」

阿坤用力的擁抱著阿威。

「謝謝你！媽的！謝謝你！」

阿坤所說的謝謝，不只是阿威原諒他這件事，而是他找到一個人……

真正明白他感受的人。

「痛呀！幹！輕力一點！」

他擁抱著阿威，除了是跟他道謝，還有，不讓他看到自己流下的男兒淚。

兩個大男人在一所舊式的商業大廈後樓梯擁抱，的確有點異樣，也許，其他人會誤會，不過當中的原因，就只有他們兩人知道。

一切，在心中。

《就算道路不同，一切藏在心中。》

CHAPTER 14 歷史 HISTORY 03

一星期後，旺角鞋店內。

「明星們是非　夠你我一夜詳談　我欠你秘密　但插班生早轉班～」

店內正播放著Twins的《女校男生》。

「就這雙吧。」他看著腳上的皮鞋。

「謝謝。」阿威說。

「我今次是來公幹，而且我帶了你想要的資料給你。」男人說。

他是二宮京太郎。

「是什麼？」

他拿出一份報告給阿威看。

「現在你身邊還有其他人在嗎？」二宮看著阿威的背後。

「有，阿坤就在你身邊。」阿威笑說。

二宮有點愕然，他看一看自己的後方。

「哈，說笑而已，他們都在工作，沒有潛入我的大腦。」

阿威看著手上的文件，皺起眉頭。

「這是日本一位死去的歷史學家麻生一郎所寫的大學論文，我覺得很像你們發生的事，不過卻是發生在一千九百年前，大約公元三十四年的事。」

在文章中所寫的是耶穌死後復活的事。

「你可以拿去慢慢看。」二宮說。

「不。」阿威看了一看店內一個客人也沒有：「我想知道他寫的是什麼。」

阿威非常感興趣，論文中提出了耶穌的死，跟靈魂轉移有關。

按照聖經記載，安息日的第二日，抹大拉的馬利亞在天未亮之時，來到埋葬耶穌的墳墓，發現耶穌已經不在，耶穌復活了。當時，耶穌向一眾門徒顯現了四十天，耶穌向他們講解聖經，更讓門徒觸摸他手上的釘痕和肋旁的傷口，他在門徒面前吃喝，證明自己的肉身復活了。

論文中敘述，在二十多年前，在耶路撒冷附近的一條小村落之中掘出了一具骸骨，而在安放屍體的石壁上，寫著一句翻譯成「我代你生存下去」的字句。骸骨經鑑定以後，科學家發現，在他手與腳上曾有釘痕，而肋骨也有被刺穿的痕跡，當科學家懷疑是否耶穌的骸骨時，卻發現他的頭骨沒有像耶穌一樣有戴上尖冠的傷痕。

那個年代，被釘十字架是很普遍的懲罰，最後科學家都認為只是一個平常的罪犯，不是耶穌本人，就再沒有追查下去，自此以後，這件事被放入了秘密的檔案之中。

這位日本的歷史學家卻不認為是這樣，他認識「我代你生存下去」這句文字可能存在另一種「含意」，然後他一直從不同的層面追查下去。

「我……我是否在看一個小說故事？」阿威看到這裡停了下來。

「聖經不也是一個小說故事嗎？只不過，大家都普遍相信是歷史的記載。」二宮笑說：「你繼續看吧，我已經縮短了他所寫的追查過程。」

阿威點頭，繼續看下去。

下一頁出現了阿威最想知道的資料，有關「靈魂」的內容部分。

耶穌復活的事，涉及了……「靈魂轉移」。

當中牽涉到六個人，以下為「六人靈魂轉移」的論文部分。

一、耶穌本人

二、發現耶穌屍體消失的抹大拉的馬利亞

三、要求取回耶穌屍體的猶太議員，亞利馬太的聖若瑟

四、替耶穌裹屍的裹屍布專家杜林

五、安葬耶穌屍體的地方，墓穴的管理人依美尼亞

……

…

．

六、耶穌的另一個身體，安科特

整個耶穌復活的神蹟，就是他們「六人靈魂」合作的……

大、騙、局。

《世界上所有的記載，都只不過是一個故事。》

CHAPTER 14 歷史 HISTORY 04

之後在文件內容寫的，都是這位日本歷史學家追查每個有關係的人等等細節，阿威跳過了這些，然後看著最後一頁。

故事的發生。

六人可以自由地作出靈魂「轉移」、「交換」等狀況，要讓「耶穌復活」真實呈現於眾人眼前，他們需要得到真正死去的耶穌本體的屍體，這就是要求取回耶穌屍體的猶太議員聖若瑟首先要做的事。

然後，他們需要一個專業的裹屍布專家杜林，做成裹屍布沒有被解開過，而屍體卻消失的痕跡，他把假的裹屍布跟耶穌本體屍體的裹屍布調包。

抹大拉的馬利亞的工作比較簡單，就是「刻意」走到安葬耶穌屍體的地方，發現耶穌屍體消失，當然，需要一個墓穴的管理人依美尼亞，才可以完成放下假的裹屍布與耶穌屍體被發現消失的情況。

最後，就是一個跟耶穌長得很像的男人安科特，耶穌的靈魂進入了他的身體之內，再次出現在眾人與門徒面前。

他還需要自殘身體，才可以給門徒觸摸他手上釘痕和肋旁的傷口，聖經中有記載，當時門徒有說過對耶穌復活後的「感覺」完全不同，只因，他們看到的那個「耶穌」，不是真正的本體，而是另一個叫安科特的身體。

因為耶穌的靈魂依然存在於安科特的大腦中，所以這個「復活的耶穌」只要說出耶穌曾經跟門徒發生過的事，就可以很簡單地讓門徒相信他。

整個「復活」過程大功告成。

同時，成為了人類歷史上最大的一宗……

「死而復生事件」。

在二十多年前，耶路撒冷附近小村落的骸骨，就是這個叫安科特的「復活耶穌」，而他所寫下的「我代你生存下去」，意思就是……

「代替死去的耶穌復活了」。

阿威讀完手上的文件，整個人也呆了。

耶穌的死與復活，是跟……靈魂有關？

「當然，這只是麻生一郎的論文，是不是真實，還有待考證，不過文中的確提及了『六人靈魂合作』的事。」二宮說：「跟你們的情況非常相似。」

「然後呢？」阿威知道二宮還未說完。

「聰明。」二宮在西裝袋口拿出一張紙：「這份論文在麻生一郎所屬大學的圖書館才可以翻閱，而我看過借閱的名單，只有專業的人士才可以借閱大學圖書館的資料，他是一位醫生，名字叫……梅林菲。」

「是他？！」阿威驚訝。

「所以已經非常肯定，把你們變成現在這情況的人，就是依照這論文的內容而製造出『靈魂鑑定計劃』。」二宮說。

阿威在思考著。

「靈魂鑑定計劃」依照一篇有關耶穌復活的論文而開始，先不論文中所說耶穌是利用了六個靈魂製造出復活假像是否屬實，但發生在他們身上的，卻是貨真價實的事！

梅林菲醫生已經做出了一個接近神，不，或者可以說是超越神的實驗嗎？

「還有一個情報。」二宮說：「我用我的記者身份，找到了梅林菲曾登記的四個居住地址，分別在香港、日本東京、英國倫敦與津巴布韋，如果我可以抽出時間，會幫你調查日本的地址。」

「給我香港的地址！」阿威認真地說：「我想去看看！」

「可以是可以的，不過，也請你要小心，看來這不會是一件可以簡單地解決的事情。」二宮說。

阿威點頭。

他看著西洋菜街對出的行人專用區，他心中知道，要找出事情全部的真相，他需要找到這個事情開端的罪魁禍首……

梅林菲醫生。

《當出現了人類沒法用常理解釋的事，神就會被製造出來。》

CHAPTER 14 歷史 HISTORY 05

一星期後，他們來到了荃灣老圍村，一所很舊的村屋前。

阿威已經跟其他五人交代了二宮的說話，他們經過慎重考慮後，決定了來到這個地方，希望可以找出梅林菲。

這次同行的，有展雄、阿威、阿坤，其他人的靈魂也在他們的大腦中一起出現。

「我已經確定了，這村屋的網路一直也有資料傳送，即是說，有人在居住。」子明看著手提電腦說。

「這三個點是什麼？」月瞳指著子明的電腦。

子明、媛語、月瞳三人，在快餐店中等待，作後勤的支援。

「是阿威三人的位置，這是一個還未普及的GPS全球定位系統，系統是由美國政府於1994年建成。」子明解釋：「他們身上有我給他們的接收器，我可以知道他們的大約位置，這技術應該會在未來的日子成為大眾也可以使用的科技。」

「為什麼你會懂這些？」媛語問。

「我好歹也是一個駭客！我只是『借來用』而已，嘰嘰！」子明奸笑。

「不過……我們的靈魂不是已經可以進入他們的大腦嗎？我們已經可以知道他們的位置了，為什麼還要這些？」媛語多口一問。

畫面轉到六個人在村屋前面，看著前方。

「多事吧！這樣更像『潛入』呢？」子明說：「感覺我們更專業！」

「不如說你不想跟他們三個一起去，然後說做什麼後勤吧。」月瞳說穿了子明的想法。

「沒這件事！」

「媽的，你們別你一句我一句好嗎？」阿坤掉下了煙蒂：「我們進去吧！」

他們三人走過了花園，來到門前。

「阿坤你按門鐘，阿威你繞到村屋後方，看看有沒有後門之類的。」展雄說：「我爬上二樓看看。」

「沒問題。」

「OK！」

他們三人分頭行事。

阿坤按下門鐘，沒有人回應，阿威走到了後門，門是鎖上的，而展雄爬上二樓，從一扇打開的窗爬入了村屋之內。

「鎖上了，門打不開。」阿威說。

「我來。」媛語說。

然後她走入了阿威的大腦，控制著他的身體，他在草叢中找到一條生鏽的鐵線，用來開鎖。

「咔！」不到十秒門鎖被打開。

「媛語，妳真厲害！」阿威沒想到她開鎖如此純熟。

「我爸爸小時候教我的，這種鎖我五秒就能打開，這次慢了。」媛語笑說：「走吧！」

「阿坤，後門！」阿威說。

「好！」阿坤說。

阿威成功走入了村屋之內，房間非常凌亂，四處也放滿了雜物，他穿過了一道走廊，來到了客廳，沒發現有人。

「展雄，樓上有發現嗎？」阿威問。

「你自己上來看吧。」展雄說。

當然，他是指阿威用「靈魂分身」去看。

畫面已經來到了二樓，二樓有四間房間，展雄已經走入了其中兩間，卻沒有任何發現。

「洗手間與廚房也沒有人。」阿坤在一樓說。

「不過很明顯是有人在這裡住。」子明的分身跟在阿坤後方。

現在，他們雖然只有三人進入村屋，卻有六個人在搜索，不，不是六個人，而是他們三個人每個人都有六個人在找尋，一共是……

十八人在搜索。

不到兩分鐘，他們已經走完了一樓二樓，沒有任何發現。

「CLEAR-」子明說。

「什麼CLEAR?」媛語問。

「沒有，哈，我見電影的特工潛入某些地方時，也是這樣說的。」子明說。

「黐線。」其他人也一起看著他。

「大家快上來!」

展雄站在二樓上層的一道鐵閘前。

「還有三樓。」

「媛語。」

「沒問題!」

媛語潛入了展雄的大腦，很快已經把鎖打開。

三樓的佈置跟一二樓完全不同，地方非常清潔與整齊，如果不說是同一村屋，根本以為是另一個地方。

「大家要小心，這裡好像有些不對勁。」阿威說。

三樓只有一間房間，展雄慢慢地走向房間，他打開了沒有上鎖的門。

「這……這是什麼？！」

他看呆了。

《既然盡過力卻沒結果，就要懂得無謂想太多。》

CHAPTER 14 歷史 HISTORY 06

就如電影的畫面一樣，房間內的牆上，貼滿了不同的人像相片，當中，包括了他們六個人！

而且相片中的人全部都是合上眼睛，很明顯，就是他們昏迷後所拍的。

「你們看，是那個阿健，還有叫加麗的女人！」子明指著牆上的相片。

他們的相片連同其他四人，用一條紅線相連著。

「這裡有……十八個人。」阿威在數著：「正好是我們三個組系加起來人數。」

「阿威，快拍下所有人的相片！」媛語說：「這樣我們就知道他們的樣貌，當遇上他們的時候就可以先發制人了！」

「沒問題！」阿威拿出了一台新買的SONY數碼相機拍著牆上的人像。

就在此時，阿威看著其中一張男人的相片，他第三次見到這個男人！

「他……他是那個被割下性器官死去的商人……家中的園藝工人！」阿威大叫：「怪不得，

我在電視上看見他時覺得他很面熟，原來我在戲院時有見過他！」

「難道幾宗商人被殺的案件，都跟他們有關？」月瞳問。

大家也沒有回答，腦海中出現了血腥的畫面。

「先別理會此事，快拍下相片吧！」展雄冷靜地說。

阿威繼續他的工作，阿坤與展雄在房搜尋其他的線索。

「其實，在我們回復記憶之前，他應該已經把我們徹徹底底調查過了。」媛語看著相片下方的資料。

此時，阿威突然想到一個非常非常重要的問題！

他看著其他人。

「怎樣了？」阿坤問。

「沒……沒什麼。」他沒有說出自己的問題，繼續拍攝。

「大家快過來看！」

展雄打開了一本簿子，上面寫著非常複雜的數學公式，還有一段文字。

「人類每一個軀體都需要一個靈魂，不過，每一個靈魂卻不需要一個軀體，靈魂讓大腦擁有每個人的不同性格、特質、行為等，同時可以控制著身體任何動作。

人類的DNA只是靈魂的『載體』，DNA的組合看似是有一定的排序，其實是一種隨機性的排列，是靈魂利用了DNA這載體，製造出身體上的性格與特質，而非DNA製造出靈魂。

靈魂在胚胎形成之時已經存在，比任何的身體部分更早出現，靈魂是人類的『初始』，存在於空間每一個角落。

或者……

我就在你的身邊。」

他們讀完這段文字之後，氣氛變得陰森恐怖。

「黐線的！寫到好像鬼魂一樣！」月瞳心中寒了一寒。

「我覺得他所說的，好像有點道理……」阿威說。

「砰！」

此時，傳來了關門的聲音！

有人回家！

他們都被嚇到！

「怎樣辦？會是那個梅林菲醫生？」子明非常驚慌。

「阿威你拍完了嗎？」展雄問。

「完成！」

「我們走！」

他們三人慢慢地從三樓走下樓梯，樓下傳來了音樂。

「落花滿天蔽月光　借一杯附薦鳳台上　帝女花帶淚上香　願喪生回謝爹娘～」

是《帝女花之香夭》。

他們來到了一樓，聽到一把聲音。

「馬姑娘，是妳嗎？」

是一把……

老人家的聲音！

她走到樓梯，看著他們三人！

「我買了海鮮，很新鮮！今晚留下來吃飯吧！」

阿威停下了腳步，婆婆看著阿威微笑。

阿威認真地看著婆婆的眼睛……

她……她看不到自己！

她是一個盲人！

《其他事你總會貪新忘舊，哪為何愛他愛得這麼久？》

CHAPTER 14 歷史 HISTORY 07

「讓我來！」月瞳說。

「婆婆……我們是……」月瞳走入阿威的大腦，利用他的嘴巴說話。

「你是誰？！」婆婆拿起了身邊的長雨傘，指著他們：「為什麼會在我的家？！」

「婆婆妳先冷靜，我是沒惡意的，我們是來……」阿威想了一想：「探妳！」

「探我？」婆婆當然不會相信。

「我是……是梅林菲的朋友！」阿威說。

「那個傻仔嗎？」婆婆更激動：「這麼多年後才回來，又不知走到哪裡！我才沒有這樣的兒子！」

「對！真是不肖子！我也想知道他現在去了哪裡！掉下自己的母親不理！」阿威扮作憤怒迎合婆婆說：「我知道梅林菲媽媽住在這裡，所以決定代他來探訪，妳應該就是梅婆婆，對嗎？」

「對！我就是！」婆婆動動鼻子：「你是自己一個人來？」

他們幾個人對望了一眼。

「別跟她說有其他人在！」子明在快餐店中說。

「我們有三個人。」阿威老實地說。

是月瞳的說話，她不想欺騙婆婆。

「好吧，我就知道你們有三人！如果你說謊，我立即用這把雨傘打你們走！」婆婆中氣十足揮動雨傘：「一個是古龍水、一個是爽身粉香水，另一個成身臭汗味，別以為我老了，我的鼻子很靈！」

「梅婆婆妳好，我叫展雄。」他碰碰阿坤的手臂。

「妳……妳好！哈哈，我是阿坤！」

「我也自我介紹一下，我是阿威，我們是妳那個不肖子的舊同事！」阿威說。

「下來吧，我沖茶給你們！」梅婆婆說完轉身就走。

「這樣就過關了嗎？」阿坤看著他們。

「也許吧，至少我們剛才沒有欺騙她，她相信我們了。」月瞳說。

「現在可以在婆婆身上得到更多有關梅林菲的資料。」媛語說。

「那個噴爽身粉香水的！快下來幫我在高架上拿東西！」婆婆在廚房大叫。

「見步行步吧！」月瞳說：「阿威，她叫你，快去吧！」

「知道！」

不久，他們四個人坐在村屋的客廳之中，月瞳與媛語的靈魂走入了他們的大腦跟婆婆溝通，始終，女生會比較容易跟婆婆聊天。

他們先是跟婆婆說說從前的事，慢慢地說得更深入，希望可以得到更多有關梅林菲的資料。

梅林菲離開梅婆婆有十年時間，應該就是去了津巴布韋的那段時期，然後在一年多前再次回來香港，當然，很明顯，他不是真心回來找婆婆，而是在這間祖屋的三樓，設立他的「靈魂鑑定計劃」辦公室。

「我沒有上過三樓！他每天回來就是窩在三樓，我也不知他在做什麼！」婆婆說：「這個衰仔，經常騙我只有他一個回來，其實，他一直都帶著其他五個人！我是知道的！我的鼻子很靈！」

「是他的靈魂組系。」展雄說。

「靈魂組系？」梅婆婆不明白他的說話。

「沒有！沒有！」阿威給他一個眼神：「對！婆婆，我想知道，梅林菲離開前，有說過自己會去哪裡嗎？」

「好像是……英國！」婆婆說。

他們幾個人再次對望。

「還有一件事，其實你們三個跟我兒子的感覺有一點相同，所以我才相信你們是他的舊同事，跟你們聊天。」婆婆說。

「請問是什麼地方相同？」阿威問。

「你們的確只有三個人在我的屋子內，但我卻感覺到，你們是有……」婆婆指指前方的他們：「有六個人！還有一個男的、兩個女的！」

他們全部人都非常驚訝！

沒法看到東西的梅婆婆，竟然可以「感覺」到其他人的存在？

他們六人一起看著婆婆。

不只這樣，婆婆還可以準確地形容出子明、月瞳、媛語三個不在場的人，外表與樣貌。

「我不知道林菲做著怎麼樣的事，不過，我想你們……」婆婆語重心長地說：「請阻止他繼續傷害其他人！」

梅婆婆沒法看到世界上任何東西。

不過，她的眼睛，卻可以流下眼淚。

為自己又愛又恨的兒子……

流下了眼淚。

《人的善良，就是看到你為難時不去難為你。》

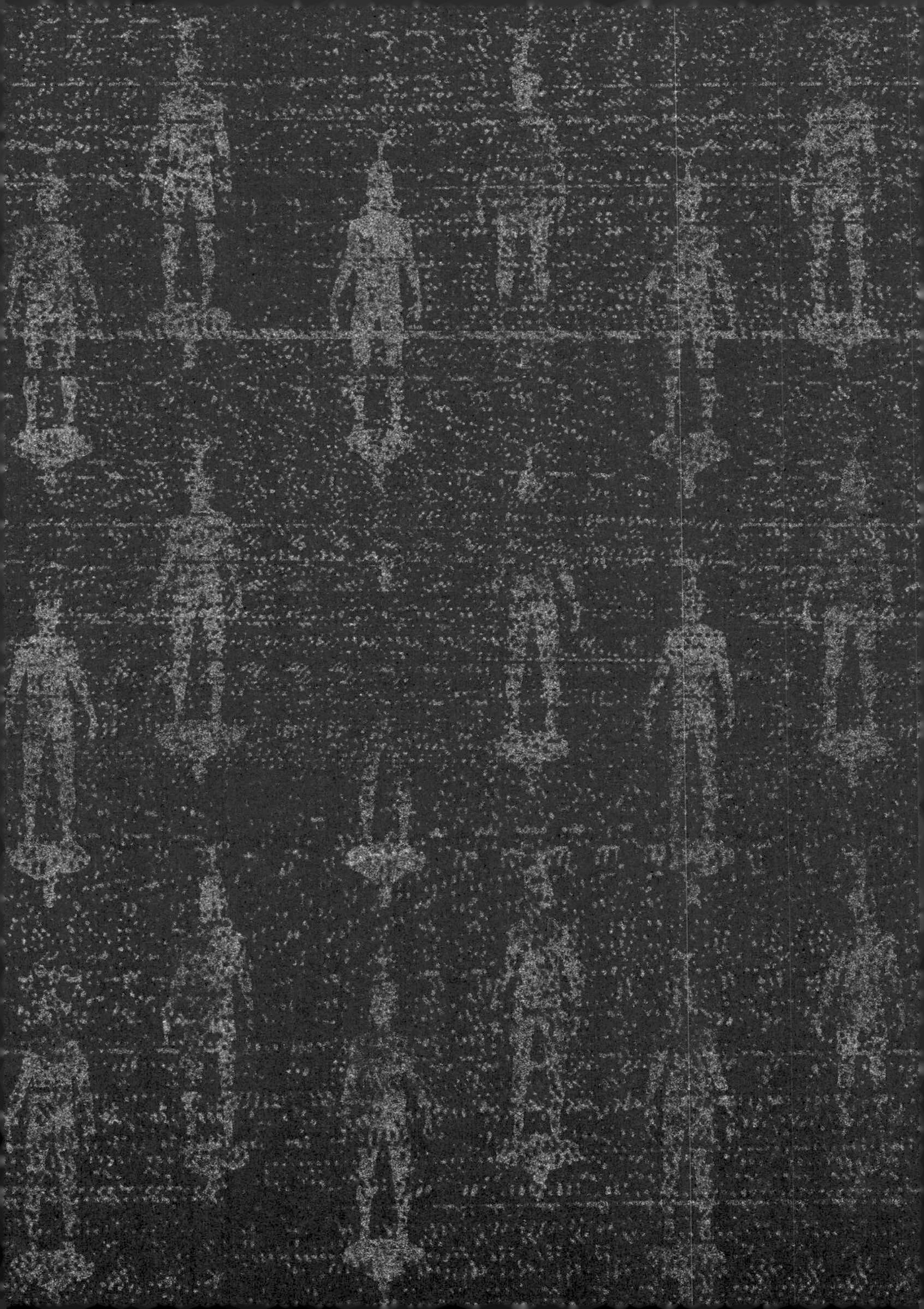

CHAPTER 15
出發 LEAVE

CHAPTER 15 出發 LEAVE 01

2001年11月。

「靈魂鑑定計劃組系一」之六人

一、鄭加麗　捲髮濃妝　女性

二、程旭　魁梧平頭　男性

三、李東燊　醫護人員　男性

四、葛亮盈　束著孖辮　女性

五、黃柏諭　中年大叔　男性

六、黃彥健　西部牛仔　男性

「靈魂鑑定計劃組系三」之六人

一、鄭于暮　園藝工人　男性

二、寇連日　目無表情　男性

三、杜俊光　高級督察　男性

四、柯蓉賀　孖生姊妹　女性

五、柯蓉荷　孖生姊妹　女性

六、鄺比特　富豪宅男　男性

阿威在一本簿子中，整理出其他兩個組系的人資料，列出了他們的姓名、特徵等等。

「阿威你做得很整齊啊！」月瞳看著那本簿子。

「這樣就更清晰了，如果遇上這些人可能會有危險，大家要小心。」阿威說。

「的確是！」

他們從那村屋回來後，一直追查梅林菲的下落，暫時不明白梅婆婆為什麼會感應到其他的靈魂存在，不過，這也是一個新的發現。

從梅婆婆口中得到了一些可能與此事有關的資料，他們有去找過認識梅林菲的人，大致上都已經很久沒跟梅林菲聯絡，沒有得到更多相關情報。不過，現在他們已經擁有其他十二人的相片與資料，這也是一大進展。

在日本，二宮正在忙著自己的工作，未可以幫忙阿威繼續調查。這也很正常吧，本來大家都有屬於自己的生活，而且二宮又不是他們六人其中之一，他沒法在整個過程中全力協助也是人之常情。

不只是二宮，他們六人也不像以前每天都用靈魂相聚，以前一天開一次會，現在已經變成了一星期一次，可能是因為沒發生什麼危險的事，他們的危機感也鬆懈了。

不過，當大家有事時，依然會互相幫助。

「對，我們交換的日記呢？」阿威問：「雖然我們已經沒有再交換日記，不過，妳也應該留一本給我做記念吧。」

「嘻，才不要！就由我來保存！當有一天你忘記我時，我就拿出來給你看！」月瞳笑說。

「我怎會忘記妳？傻瓜！」阿威突然想起一件事：「對，我一直也很想知道，妳在日記上寫著的『∞』符號，其實代表什麼？」

「秘密。」

「什麼秘密？日記也可以交換了，有為什麼不能說？」阿威有點生氣。

「你不也是有很多秘密沒寫出來嗎？」月瞳奸笑：「每個人都有自己的秘密，交換日記不代表一定要把秘密說出來。」

阿威想了一想：「妳好像有點道理。」

「當然！」

「今天我放假，不如約他們去吃飯？」阿威說。

「今晚不行啊！我有事要忙，再約下星期吧。」月瞳說。

「又是這樣嗎？大家好像已經很久沒聚了。」阿威有點失望：「好吧，我留在家繼續整理資料。」

「乖孩子！」月瞳扮作摸他的頭：「我走了，明天再見！」

話一說完，阿威回頭已經不見了月瞳，然後他想潛入月瞳的大腦，她卻已經把「靈魂封鎖」，沒法進入了。

「好！繼續做寂寞的男人！努力！」

阿威以為今天將會過著沉悶的一天，卻沒想到，將會是……

畢生難忘的一晚。

《有些事情，不是想逃避，只是想忘記。》

CHAPTER 15 出發 LEAVE 02

當天晚上。

阿威的房間內。

「阿威，不可以告訴別人……」月瞳半昏迷：「你要幫我……你要幫我……」

「為什麼妳要這樣做？！」阿威憤怒地看著她。

「因為……因為……」

月瞳還未說完，已經昏迷過去，同一時間，阿威已經潛入了月瞳的身體。

進入了半裸的月瞳身體！

凱悅酒店房間內。

因為月瞳身體內已經充滿了酒精，一向酒量不好的阿威也有醉意。

一個中年男人從洗手間走了出來。

「瞳妹，今晚妳喝太多了。」他全裸地走向月瞳。

「別……別要過來……」月瞳的表情非常驚慌。

阿威當然有看過男人的裸體，不過，他害怕的是……之後可能發生的事！

「叫我別要過來？啊？哈，妳要來跟我玩這套欲拒還迎嗎？」男人已經站在月瞳的面前。

那話兒就在月瞳的視線水平搖晃。

月瞳只有一個反應……立即逃走！

可惜男人比他更快，一手已經捉著半醉的她，然後把她推倒在床上！

「我是男人！別要這樣！」月瞳大叫掙扎。

「妳是男人？哈哈哈哈！」男人大笑：「那我就是喜歡男人！跟男人做愛了！」

如果是阿威的身體，他絕對有能力對抗，不過，現在他卻在弱小的月瞳身體，而且還有一點醉意，他根本沒法反抗！

「收了我的錢，就來一場精彩的表演吧！」

男人就如禽獸一樣，把月瞳的毛巾扯開，然後在她的身體上亂吻！

「不要！不要！」

「我最喜歡玩反抗！妳愈反抗我愈興奮！」

阿威本想走回自己的身體，可惜月瞳已經睡著了，他有想過叫其他人來救援，不過他想起了月瞳的說話……

「不可以告訴別人。」

他人生第一次是如此的無奈……

他從來也沒想過會被一個男人壓在身上！

他完全無力反抗！

……

…

．

十五分鐘後。

男人把一疊錢掉在床上。

「約妳下星期再見，地點我叫秘書給妳。」男人扣著襯衣鈕扣：「瞳妹，這晚妳怎樣了？跟死魚沒分別，下次別要再這樣了，別要喝太多才過來見我，知道嗎？」

月瞳沒有回答，只是呆呆地看著天花板。

男人走前還要在她的臉上吻了一下，同一時間……

月瞳的眼淚流下來了。

阿威的眼淚流下來了。

這一晚，是他人生之中最侮辱的一晚。

或者，如果是自己的身體也沒有這一種侮辱，但現在他卻在一個最好的朋友身體之內，他沒法阻止事情的發生，也不可以告訴別人。

他沒有任何的快感，只有無盡的痛苦。

更重要的是……

這件事情，月瞳是知道的，她不是被強暴，而是……收了別人的錢，出賣自己的身體。

在日記內的「∞」符號，就是代表了……「援交的日子」。

一直以來，她也是做著這一份出賣身體的工作。

阿威完全不知道。

「為什麼妳要這樣做？」

說話的人是月瞳……

卻是阿威內心的說話。

《什麼最可悲？沒法保護你。》

CHAPTER 15 出發 LEAVE 03

第二天早上。

阿威的家中，只有兩個人。

他與月瞳。

「對不起……」月瞳。

「為什麼？」阿威。

「對不起。」

「為什麼？」

然後，他們沉默下來。

他們對坐著，氣氛異常的沉重，明明是最好的朋友，現在卻變得非常尷尬，而且他們也不知道用什麼身份去對話。

是受害者？還是一個沒法拯救她的人？

阿威一直在腦海中掙扎著。

「對不起，我讓你代替我，我知道昨晚喝得太多了，所以才會……」月瞳說。

「我不是問妳為什麼要我代替妳，而是問妳為什麼要跟其他男人上床？」阿威平靜地說。

「他是醫學研究院的教授，他給我錢讀書，我想考到獸醫牌，他可以幫助我，還可以推薦我！」月瞳激動地說出真正的原因。

「嘿，醫學研究院教授？怪不得之前妳可以得到梅林菲的資料。」阿威想起了在後倉時的對話。

「就是他！我只是……我只是用身體去交換我想要的東西！為什麼不可以呢？」月瞳本來想道歉，卻任性地說出自己的想法：「我根本不在乎！這些事總會變成過去，我卻可以走入我想要的獸醫行業，走進我想要世界！」

「妳不在乎嗎？但……」阿威泛起了淚光：「在乎妳的人卻在乎，比妳更在乎一千倍，一萬倍。」

月瞳聽到後，已經不能控制，流下眼淚。

「我想起妳跟一個不喜歡的男人上床，卻是為了錢、為了前途，妳知道我有多痛苦嗎？」阿威依然保持著平靜：「妳在我心中是什麼位置？妳在我生命中是什麼地位？妳知道嗎？」

月瞳不斷搖頭，她痛苦，同時感覺到阿威的痛苦。

「妳永永遠遠也是我心中最重要的人，不只是朋友，卻比朋友更重要，也不是情侶，卻比情侶更親密。日月瞳，妳是我生命中不能缺少的一部分，當我知道妳要這樣做，我的痛苦，比我在妳身體上受到的侮辱……更痛苦。」

「對……不起……」月瞳已經不知道能夠說什麼。

「我不需要妳說對不起，我只需要妳明白，如果要這樣達成妳的目標，我才不要這樣的朋友，我不想見到這樣的日月瞳。」

月瞳沒有說話，只是擁抱著阿威痛哭。

「對不起！是我的錯！別要放棄我！你也是我生命中最重要的人！我不想失去你！」月瞳擁抱得很緊，比任何一次的擁抱更緊。

「答應我，別要再做下去，可以嗎？」阿威說。

「好！我不會再做！不會了！」月瞳哭著說。

「這樣就乖了。」阿威把她拉開到互相對望的距離，然後用手替她撥開頭髮：「我們不只是朋友的關係，可以說是靈魂伴侶，我們可以走入對方的生命之中，所以請妳要愛惜自己，這也是對我好的方法，知道嗎？」

月瞳咬著唇點頭。

阿威用手指替她抹去眼淚。

「嘿，真的，我躺在酒店床上時，真的很生氣，不過，當我想了又想、想了又想，我這個任性的月瞳的確會做出這樣的事呢！然後，我就莫名其妙地苦笑了。」阿威同時在苦笑：「我很清楚妳，但就當是為了我吧，要好好愛惜自己。」

「我會的了。」月瞳說：「我會跟那個男人說結束我們的關係，因為，我的『靈魂伴侶』知道了，他不再讓我為了任何目的而做出他不喜歡的事！」

「好，嘿，如果可以，替我踢他下體一腳！」阿威想起了昨晚不愉快的情境：「就當是替我報仇！」

「嘻！好！我用全力一踢！」月瞳邊笑邊哭說著，突然她想到：「啊！你人生第一次跟男人上床，其實有什麼感覺的？」

「妳黐線的嗎？我完完完完全全全全全不想回想起來！」阿威反應非常大。

「跟我說吧！我很想知道呢？」

「才不要！」

「別要這樣！」

他們又再次鬧起來。

此時，月瞳輕輕地吻在阿威的唇上，阿威也呆了。

「謝謝你。」

這三個字，月瞳沒有說出口，這一吻，已經代表了一切。

由他們認識開始，直至交換靈魂到現在，他們當然可以成為一對真正的情侶，不過，他們沒有選擇這樣做，他們依然明白，友愛比相愛更長久，甚至可以一生一世。

大家也沒超越那道看不見的透明底線，他們都希望，永永遠遠，用現在這一個身份去陪伴對方。

「不能完全擁有，卻……比擁有擁有更多。」

在往後阿威寫的小說中，也經常出現這一種「感覺」。

在往後的日子，雖然他們倆人最後也忘記了對方……

但那一份感覺……

依然存在於阿威的腦海與……

文章之內。

《不能完全擁有，卻比擁有擁有更多。》

HAPTER 15 出發 LEAVE 04

2002年1月1日。

自他們六人回復記憶以來，已經過了一整年的時間，他們沒法找到梅林菲醫生，也沒有任何的線索，不過，慶幸地，他們六人暫時沒有遇上什麼危險。

是「暫時」，卻不是「永遠」。

他們再沒遇上黃彥健等人，同時，阿威也調查過已經知道樣貌、職業的各「靈魂鑑定計劃」組系的人，可惜，還是沒法得到任何的進展。

要在一個七百萬人的小島上，找尋幾個陌生人，還未有未來的科技與網絡，談何容易呢？

所以，他們決定了從另一條線索追查。

二宮京太郎給他們的地址。

香港、日本東京、英國倫敦與津巴布韋。

香港的地址，他們已經在數月前探訪過梅婆婆，得到了其他「參加者」的資料，所以他們決定了追查其他三個不同的地方與國家。

他們分成三組人，分別到這三個地址調查，范媛語與高展雄到東京、馬子明與謝寶坤到倫敦，而梁家威與日月瞳到津巴布韋。

本來去津巴布韋的人，是謝寶坤與梁家威，因為女生去非洲南部內陸會比較危險，不過，月瞳搶著要跟阿威一起去，最後由她代替阿坤。

機票的錢由高展雄提供，而大家也請了十天的假期，希望在這段時間，可以找到梅林菲醫生。

香港赤鱲角國際機場。

他們早已訂好機票，選擇了同一天出發。

「阿威與月瞳先上機，阿聯酋航空，先由香港到杜拜，接駁時間大約是4小時，然後飛到中途站盧薩卡，再到津巴布韋首都哈拉雷國際機場，一共22小時40分鐘。」范媛語看著手上的行程：「然後1小時後，明仔與阿坤上機，直飛倫敦希斯洛機場，最後，是我跟展雄，4小時後到達東京羽田機場。」

「清楚了。」阿威說。

「我們三組人分別到亞洲、歐洲與非洲，這的確是一個很特別的元旦！」月瞳說。

「月瞳，津巴布韋可能會有危險，妳自己要小心。」媛語擁抱著她。

「我知道！我有阿威保護我！」她抱著阿威的手臂：「沒問題的！」

「當然，還有我們吧！」阿坤說。

阿坤、子明、展雄一起看著她們。

如果大家遇上什麼危險，他們三個當然會立即出來幫手。

「我跟阿坤到了倫敦後，會立即架起網絡，到時我們這邊就是指揮中心。」子明說。

「很好，交給你了！」阿威說。

「我跟媛語會最早到達目的地，我們會先去找二宮京太郎，跟他會合。」展雄說。

「好的，沒問題。」阿威點頭。

「最後我想說，這次我們只是找尋梅林菲的下落，然後從他的口中問出所有發生在我們身上的事。」媛語看著其中一個人：「所以如果一旦遇上什麼危險，請別要太過逞強，別要亂來，尤其是……你。」

他們幾個同時看著阿威。

「嘿，妳在說我嗎？」阿威傻笑：「知道了！」

「他保護我，同時我會看著他的，放心！」月瞳笑說。

阿威看看手錶：「我們也差不多時間要入閘了。」

「好吧。」展雄伸了手。

然後其他人把手疊在他的手背上。

「大家萬事要小心，我們各自的靈魂，都會與大家同在。」展雄說。

其他五個人一起點頭。

或者，這次行程之後，他們將會更接近……

「靈魂鑑定計劃」的真相！

《不是學習忍受寂寞，而是習慣享受寂寞。》

CHAPTER 15

出發 LEAVE 05

2018年11月19日。

沙田某餐廳內。

兩天前，因為那一組有關颱風的數字，開啟了我的「第一層記憶」，我的記憶來到了2002年1月1日那天，我們六人去機場以後，我再沒法想起發生過的事。

我完全不敢相信，我參加了一個叫「靈魂鑑定」的計劃，也沒想到，我跟其他五個人，會有如此的關係。

就像我早前猜測的一樣，我們的確有「共同的記憶」，只不過，比我所想的更瘋狂，我們不只是有共同的記憶，而是……「共享了靈魂」。

「這段記憶，真的瘋狂。」

我不是在自言自語，我是跟她說的。

「我也這樣覺得。」她苦笑了一下：「好像不是發生在自己身上，卻又是真實的發生了。」

她是月瞳，當我跟她說出「7572591172392」的含意之時，她跟我一樣記起了「第一層記憶」。

暫時我只跟她一個說出了「開啟」記憶的密碼，因為我想跟二宮京太郎接觸過後，才跟其他人說出來。

我們兩人恢復了記憶之後，關係就像十級的跳躍，由一個認識不太久的陌生人，變成了很久沒見的好朋友一樣，我也不知道為什麼會有這種感覺，不過，我鑾喜歡這一種突如其來的「關係」。

又陌生又熟悉的關係。

「誰會想到，我跟你會有如此的關係呢？」月瞳說。

「當我記憶回來以後，我好像……好像多了一位知己一樣。」我有點尷尬。

「你終於知道『∞』符號的意思，同時，因為你的說話，往後的日子我決定了只會靠自己的努力，最後我成為獸醫了。」月瞳說：「我要謝謝你當時跟我說的話。」

「別說這些，現在感覺更尷尬了，哈哈！」我傻笑。

「不過，我真想知道……你跟男人……」月瞳鬼馬地說：「是什麼感覺的？」

「這麼多年後，妳這個任性的大小姐還要提這個嗎？」我無奈地說。

「說笑而已，嘻。」她喝下一口紅茶：「2002年1月1日之後，我們去了津巴布韋，之後究竟發生了什麼事呢？」

「要打開『第二層記憶』，也許要問二宮京太郎方法。」我拿出那封匿名的信：「最初，我以為字跡不好看，是因為不是用慣用手去寫，不過，經我分析以後，這更像……」

「一個不是太懂中文字的人寫的中文。」月瞳已經知道我想說的。

「沒錯，而這個人，可能就是二宮京太郎。」我說。

「但為什麼他要這樣做？」月瞳拿起了那封信：「而且在他的個人專訪中提醒我們，又是什麼原因？」

月瞳所說的，是二宮在專訪中，手指不自然地揮動寫著「危險……小心……」的事。

「應該很快就會知道了。」我看看手錶：「不過現在可以肯定，二宮京太郎不會傷害我們，他是站在我們這邊的。」

我在通訊錄附註一欄中，寫著「危險人物 01-01-2001」，並非因為他是一個危險人物，而是當時二宮聽了我的故事後，想做一個「危險人物」專輯。

今天就是我跟二宮約好見面的日子。

十九年後，再次來到沙田UA戲院見面。

「阿威！」月瞳突然大叫我的名字，驚慌地指著我身後的電視機。

我轉身看。

「這個……」

我立即走向餐廳的職員身邊跟他說：「開大一點電視的聲音！」

他不知道我緊張什麼，給我一個奇怪的表情後，拿出了遙控器，我一手搶過了遙控器按下聲音掣。

「在死者的行李內，警方找到一支經改良的電子煙霧化器手槍，初步懷疑，死者是在酒店內被殺，警方已聯絡日本的警察廳，作進一步調查，同時，以謀殺案處理……」

死者在日本愛媛新聞社工作，名字叫……

二宮京太郎！

我跟月瞳對望，我們不知道應該要怎樣做……

本來要跟我見面的人……

突然死去！

而且是被謀殺……

究竟……發生了什麼事？

《遇上你的一刻，就是回憶的開始。》

別相信記憶 02

完

待續

孤泣 LWOAVIE
小故事 SHORT STORY

《朋友我當你一世朋友》

「朋友就是，明知你會去死，不會叫停你，我會陪你一齊去死。」

我翻看一本中學紀念冊，看到這一句。

「我唱的歌很難聽，人人皆知，為什麼，你要找我和你合唱呢？」——阿皮

二十年前，一本畢業紀念冊。

講個真人真事你聽。

中學時代，我有一個同學很喜歡唱歌，他還懂得像李克勤一樣「震喉嚨」，不過他卻是……五音不全。所有同學都笑他唱歌難聽，不過他還是會笑笑口回答：「係咩？哈哈！」奇怪地，我當時總是覺得他的「笑容」是假的，他只是在掩飾自己的「自卑」，結果有一次學校舉辦唱歌比賽，他想參加，我就決定了找他跟我合唱。當然，他也覺得很奇怪，不過他一直也沒問我原因。

我還記得，我們兩個「死嚫仔」一起練歌，有時會去另外一些也參加比賽的同學的家唱歌，當然，他們都是「高手」，而我跟他每次唱時，都會感受到其他人的眼睛在……「恥笑」我們。

有次，在太和某屋邨的後樓梯，我們聊天，他終於問我。

「老實講，其實你係咪可憐我？又或者想有個人墊下底，令到人哋覺得你冇咁差？至少仲有個五音不全嘅我存在。」

當時，我年紀還小，我不懂回答他，我也不知道我應該「怎樣說出」我的感覺。我只是說：

「唔係你咁諗！」

比賽當日，我們唱《煙花句》，張學友與歐丁玉的歌，是講友情的，結果，一分鐘不夠，我們已經被那個黑口黑面的音樂老師……「叮」走了。當時，我再次看到他那個表情，那個「笑笑口」的表情、那個別人以為他很快樂，其實「自卑」的表情。

他之後有跟我道歉，但其實我……根本不需要「道歉」。

二十年後的今天，我們都長大了，或者，這個「唱歌故事」已經成為了我們的笑話，不過，現在我已經有「能力」去說出我當時的感覺，阿皮，你給我聽好。

好好聽好。

真的，好好聽好。

……

「我X9你！我從來都冇可憐過你，而且我冇諗過要你做墊底，我只係想同一個鍾意唱歌，有共同目標嘅人、嘅同學、嘅朋友去完成一件事！點解要唱歌好聽叫得高音先可以『鍾意唱歌』？點解要跑得好快拎好多獎先可以『鍾意跑步』？鍾意唔一定要係『最叻』先可以鍾意！全世界嘅人笑你，但我冇，而且仲要搵你參加比賽你知唔知點解？因為……

我可以同你去做一啲明知唔會贏，明知會輸，但依然會做嘅事，因為我哋係……『朋友』！

贏輸唔係最重要，我哋一齊練歌、一齊比人笑、一齊唔夠一分鐘比人叮走咗，依啲係咩嚟㗎？係回憶！回憶比贏唔贏到重要一百萬倍！因為，依啲就係屬於我哋嘅青春、我哋嘅回憶、我哋嘅友情。

依家，廿狗幾年後，我依然可以答你，我嘅答案係……『A』！」

《煙花句》歌詞最後一句。

「共你舉杯又重聚　回頭看　年月似水　一切終須過去　煙花再閃下去　情共義　在我心裡」

「做朋友，從來都不需要什麼資格身份地位。」

孤泣字

LWOAVIE RAY TEAM

孤泣特別鳴謝小說團隊

由出版第一本書開始，只得我一人。直至現在，已經擁有一個孤泣小說的小小團隊。謝謝一直幫忙的朋友。從來，世界上衡量的單位也會用金錢來掛勾，但在這個「孤泣小說團隊」中，讓我發現，別人為自己無條件的付出。而當中推動的力量就只有四個大字——

「我支持你」

很感動！在此，就讓我來介紹一直默默地在我背後支持的團隊成員。

APP PRODUCTION

JASON

傳說中的 Jason 是以戇直、純真、傻勁加上一點點的熱血配製而成。為了達成為一個小小的夢想，忍痛放棄一份外人以為穩定的工作，毅然投身自由創作人的行列。希望可以創作屬於自己的 iOS App、繪本、魔術書、氣球玩藝書、攝影手冊、攝影集、IT工具書等。歡迎大家來www.jasonworkshop.com參觀哦！

EDITING

曦雪 WINNIFRED

愛幻想、愛看書、愛笑愛叫的怪小孩，平時所有愛做的都不會做。喜歡寫作卻不會寫，說是因為懂寫不懂作。

現實中Winnifred的化妝師，見證多少有情人終成眷屬。喜歡美麗的事物，自成一角的審美態度：「美，可以是看不到，卻能感受得到。」機緣巧合，成為孤泣的文字化妝師。

RONALD

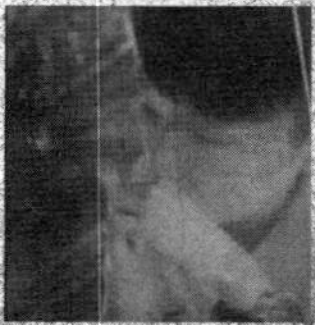

學藝未精小伙子，竟卻有幸擔任孤泣小說的校對工作。可說是人生一大幸運的事。

首喬

卞之琳這樣說：「你站在橋上看風景，看風景人在樓上看你。明月裝飾了你的窗子，你裝飾了別人的夢。」一能夠裝飾別人的夢，是錦上添花。

I only have one person. Until now, I already have a small team of solitary novels. Thank you for your help. In the

MULTIMEDIA

GRAPHIC DESIGN

阿鋒

平面設計師，孤泣愛好者。由讀者搖身一變成為團隊成員之一，期望以自己的能力助孤泣一臂之力。

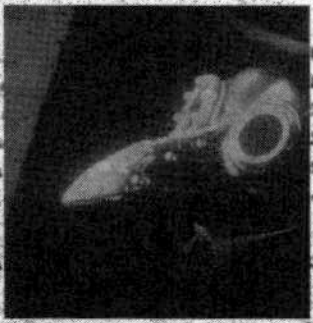

RICKY

平面設計師，兜了一圈，原地做夢！感激孤泣賞識同時多謝工作室團隊，這團火燒到了我。創作人，路是難行但並不孤單。

阿祖

喜歡電影、漫畫、小說、創作，希望替孤泣塑造一個更立體的世界。

ILLUSTRATION

13

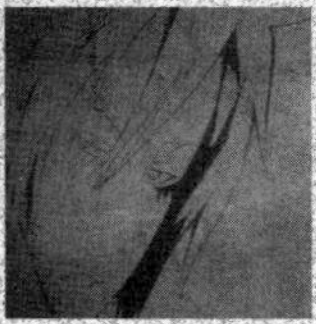

不善於用文字去表達心情，但喜歡以圖畫畫出一片天空，這片天空是無限大，同時存在了無限個可能。多謝孤泣給我機會發揮我自己，而孤泣的小說，是我的優質食糧。

LEGAL ADVISER

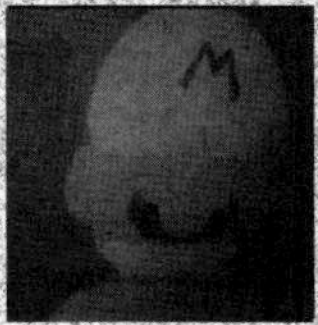

X律師

當孤泣問我如何殺人不坐監、未來人受不受法律約束時，我決定成為他的顧問，律師費請匯入我戶口，哈哈。

PROPAGANDA

孤迷會_OFFICIAL

www.facebook.com/lwoavieclub

IG: LWOAVIECLUB

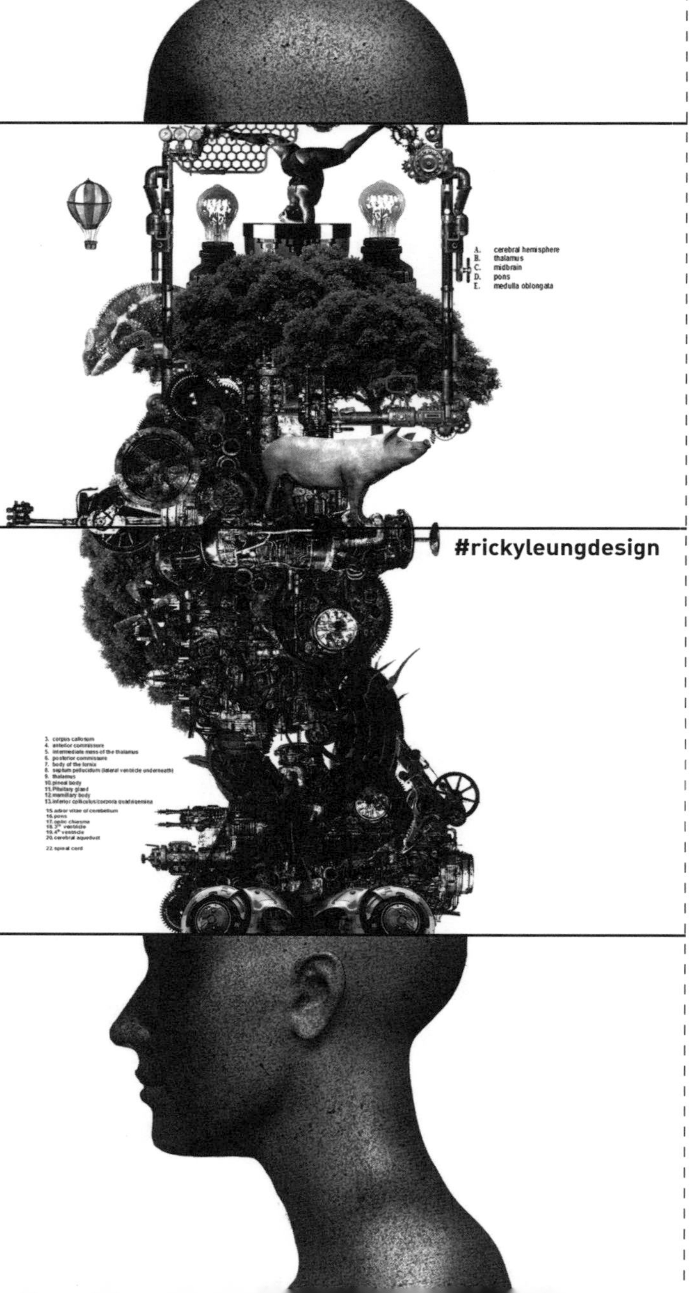
A. cerebral hemisphere
B. thalamus
C. midbrain
D. pons
E. medulla oblongata
#rickyleungdesign
3. corpus callosum
4. anterior commissure
5. intermediate mass of the thalamus
6. posterior commissure
7. body of the fornix
8. septum pellucidum (lateral ventricle underneath)
9. thalamus
10. pineal body
11. Pituitary gland
12. mamillary body
13. inferior colliculus/corpora quadrigemina
15. arbor vitae of cerebellum
16. pons
17. optic chiasma
18. 3rd ventricle
19. 4th ventricle
20. cerebral aqueduct
22. spinal cord

01

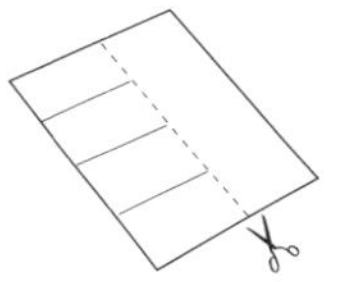

02

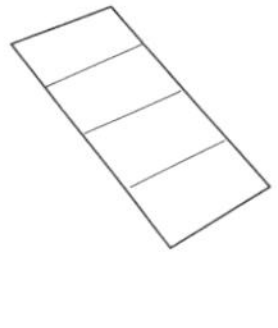

03

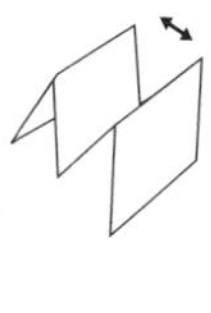

別相信記憶

PLEASE DELIVER TO
NAME
ADDRESS
PHONE
ATTENTION

孤泣作品
LWOAVIE RAY COLLECTION
02

作者
孤泣

編輯／校對
首喬

封面／內文設計
RICKY LEUNG

出版
孤泣工作室
新界荃灣灰窰角街6號 DANG 20樓A室

發行
一代匯集
九龍旺角塘尾道64號龍駒企業大廈10樓B & D室

承印
美雅印刷製本有限公司
九龍觀塘榮業街6號海濱工業大廈4字樓A室

出版日期
2019年4月

ISBN 978-988-79447-1-3
HKD $98

孤出版

www.lwoavie.com